D1322967

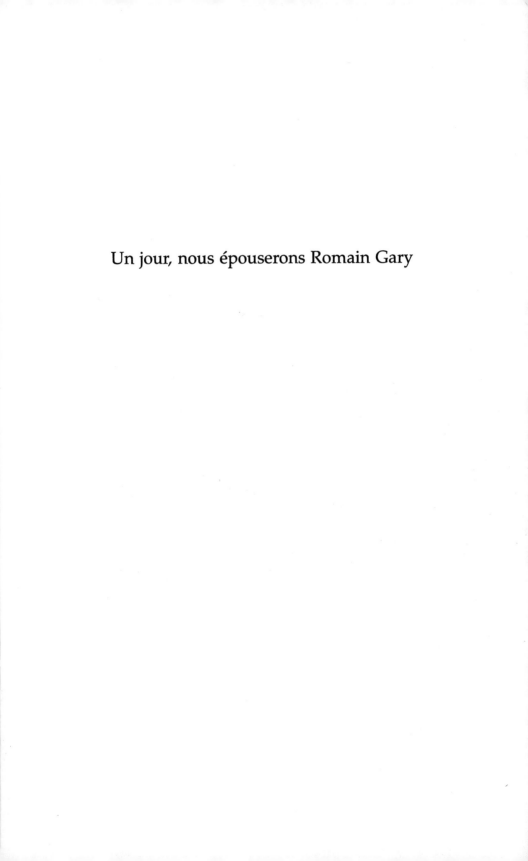

Un jour, nous épouserons Romain Gary

NICOLE BÉLANGER

Un jour, nous épouserons Romain Gary

Les Éditions des Intouchables bénéficient du soutien financier de la SODEC, du PADIÉ et sont inscrites au Programme de subvention globale du Conseil des Arts du Canada.

LES ÉDITIONS DES INTOUCHABLES
4674, rue de Bordeaux
Montréal, Québec
H2H 2A1
Téléphone : (514) 992-7533
Télécopieur : (514) 529-7780
intouchables@yahoo.com

DISTRIBUTION :
Diffusion Socadis
350, boulevard Lebeau
Saint-Laurent, Québec
H4N 1W6
Téléphone : (514) 331-3300
Télécopieur : (514) 745-3282

Impression : Veilleux Impression à demande
Infographie : Yolande Martel
Illustration : Steve Huard
Photo de 4e de couverture : Marc Dussault
Maquette de couverture : Stéphanie Hauschild

Dépôt légal : 2000
Bibliothèque nationale du Québec
Bibliothèque nationale du Canada

ISBN 2-921775-92-1

Il m'a fait lire du Proust, du Tolstoï
et du Dostoïevski, déclara la malheureuse,
avec ce regard à vous fendre le cœur.
Maintenant, qu'est-ce que je vais devenir ?

ROMAIN GARY,
La Promesse de l'aube

1

Mort maquillée
et autres considérations cosmétiques

« À force de vouloir ressembler à quelque chose, on finit par avoir l'air de rien », je lui ai dit au moment où elle s'apprêtait à descendre du taxi, mais avec toutes ces bandelettes qui lui encerclaient la tête et couvraient ses oreilles, elle ne m'a pas entendue. Tant mieux. Ça m'avait échappé et, de toute façon, elle n'aurait pas compris. Plus elle se faisait remonter le visage, il me semblait, moins elle comprenait les choses les plus élémentaires. Sans doute à cause des anesthésies : trois chirurgies faciales en moins de dix ans, sans compter les liposuccions que son médecin, un sympathique charlatan de la Rive-Sud, pratiquait sous Démerol pour s'attirer une plus large clientèle... Et chaque fois, je l'ai accompagnée. Je ne sais pas pourquoi.

Étant donné mon jeune âge, je n'ai encore rien contre le vieillissement. Bien sûr, je considère comme extrêmement cruel et ingrat ce processus de décrépitude générale qui vous ramollit les chairs et multiplie les affaissements, je compatis, mais je me dis qu'il faut savoir accepter le fait qu'on soit périssable ; comme les fleurs, comme le lait et le beurre, à la différence qu'on ne porte pas sur soi de date de péremption. C'est ce manque de précision sur l'heure de son expiration qui lui laissait croire, à elle, qu'elle était immortelle.

En défroissant les deux billets de 20 $ qu'elle avait glissés sur la banquette, subtilement, comme à son habitude, pour ne pas m'humilier, ou plutôt pour m'humilier sans en avoir vraiment l'air, je l'ai regardée s'éloigner, un peu plus voûtée que la dernière fois. Puis elle est rentrée chez elle, sans se retourner, tandis que le chauffeur faisait demi-tour vers l'est.

Moi non plus, je ne ressemblais pas à ce qu'elle aurait voulu que je sois, mais, dans mon cas, rien de ce qui lui déplaisait ne pouvait s'opérer. Il aurait fallu tout recommencer à partir des premiers gamètes, t'imagines le travail ! Je te dis tout ça comme je l'ai dit à ce pauvre type qui a eu le malheur de me demander, en remettant le compteur à zéro, pourquoi j'avais dit à la femme au turban qu'on finit par avoir l'air de rien à force de vouloir ressembler à quelque chose. À lui aussi, j'ai commencé à raconter ma vie. On raconte sa vie tellement facilement de nos jours…

Ma mère, tu vois, elle aurait voulu que je ressemble à Audrey Hepburn ou à n'importe quoi d'autre, mais surtout à Audrey Hepburn, cette pauvre cruche hollywoodienne qu'elle citait à tout bout de champ comme modèle de suprême beauté dans les petits articles sur la mode qu'elle rédigeait pour le compte d'un de ces magazines féminins à la fine pointe de ce qui est suprême et fatal en matière de beauté.

Petite, c'est vrai, je lui ai donné de faux espoirs. J'avais les mêmes yeux bruns, le même petit nez droit que la belle, la très belle, l'incomparable Audrey Hepburn qui jouait si divinement les saintes nitouches et finissait par débaucher son voisin de palier dans *Breakfast at Tiffany's*, son film-culte, d'où me vient d'ailleurs le stupide prénom dont je suis affublée : Tiffanny, *nice to meet you*, avec deux « n », pour me distinguer de la bijouterie new-yorkaise dont il était question. L'idée paraissait très chic au départ, mais comme peu de gens connaissent l'endroit, on assimile généralement mon nom à ces affreuses lampes hippies en laine brute ou synthétique qui faisaient fureur au moment de ma naissance et qu'on retrouve encore dans certains restaurants macrobiotiques où on cuisine tout au tofu et à la sauce tamari. Enfin, je ne devrais pas me plaindre. Avec moins de chance encore, j'aurais pu tomber sur des parents marginaux-écolos-non violents comme il en foisonnait à l'époque, m'appeler Marie-Soleil, Printemps, Fleur de Pavot ou pire encore... va savoir jusqu'où pouvait aller leur délire sous l'effet combiné de la drogue et de la liberté sexuelle!

À la longue, j'ai fini par m'habituer à mon nom. Tiffanny ou autre chose... En se forçant, je me disais, n'importe qui peut trouver n'importe quoi de désobligeant à dire sur un prénom s'il veut vraiment se montrer méchant : « Martine, la pas fine qui a pissé dans ses bottines », « Nicole, pot de colle », « Ginette, toilette », alors... À mon nom, j'ai fini par m'habituer, mais à mon visage, un peu moins. Au début de l'âge ingrat qui m'avait miraculeusement épargné l'odieux d'une acné faciale que ma mère ne m'aurait jamais pardonnée, j'arrivais à battre des cils et à me composer un air frivole et innocent sous ma frange noire et lisse comme celle à qui je devais ressembler, mais mon nez... Mon nez. Il s'est mis à allonger, mon nez, et on ne savait pas quand ça allait s'arrêter. Le matin, je m'assoyais à table devant ma mère qui, elle, ressemblait à Éva Gabor, le matin. Avec une spatule à la main, c'était à s'y méprendre : Éva Gabor, au milieu de ses verts arpents, fabriquant des crêpes élastiques à son mari affamé par le grand air et l'odeur du fumier. Assise à table devant Maman-Gabor, je la voyais regarder mon nez, effarée par les dimensions qu'il semblait vouloir prendre. Plus il allongeait, plus je m'éloignais de cette image en technicolor qu'elle s'était fabriquée avec sa petite caméra personnelle qui filmait tout de très loin dans un léger flou artistique. Plus tard, lorsque mon nez eut atteint sa taille définitive et très peu hollywoodienne, elle a cessé de m'amener avec elle au magazine pour que je salue ses collègues de la section « beauté ».

En fait, ce n'est pas qu'il était laid, ce nez ; à force de vivre avec, j'ai même fini par le trouver touchant dans sa différence, c'est simplement qu'il ressemblait un peu trop à celui de papa. Maman n'aimait rien de ce que papa faisait. Pourtant, elle nourrissait pour lui de grandes ambitions. À vrai dire, elle ambitionnait de le voir devenir quelqu'un d'autre que celui qu'elle avait épousé. «Vous savez, Jacques est un très grand journaliste, beaucoup trop doué pour le poste qu'il occupe!» glissait-elle immanquablement dans la conversation avec les chefs de service et grands patrons de journaux qu'elle invitait dans de très chouettes soirées organisées expressément pour promouvoir l'avancement de son mari. «Je compte sur vous, mon cher Roger (Charles ou Jean-Pierre qui roule n'amasse pas mousse), je sais que vous avez un excellent jugement», finissait-elle par leur susurrer à l'oreille, accrochée à leur bras comme à un radeau de sauvetage. «Vous prendrez bien un autre verre?»

Debout derrière le bar, papa préparait des martinis, mettait les disques, les retournait et disait merci quand on lui faisait remarquer combien sa femme était délicieuse. En agitant distraitement le shaker au-dessus de son épaule, il la regardait papillonner entre les invités avec une parfaite aisance — souriante, lumineuse, presque phosphorescente —, soupçonnant patrons et collègues de n'accepter ses invitations que pour tenter de venir lui piquer sa femme. Vu sa situation dans la hiérarchie sociale, papa ne méritait pas une si jolie femme et n'avait pas ce qu'il fallait pour la garder. Il le savait, les autres hommes aussi. C'est pourquoi les mâles d'une certaine pointure s'accordaient le droit de la draguer ouvertement.

Ma mère possédait ce degré de charme et d'érotisme naturel qui l'aurait destinée à une position bien plus élevée si elle n'était pas née en Abitibi. Elle le savait, les autres aussi. Normalement, ce genre de femmes, je veux dire les belles femmes comme ma mère, jette leur dévolu sur des directeurs d'entreprises multinationales, des pilotes de Formule 1 commandités par de grosses compagnies de cigarettes, des astronautes ou des pilotes d'avion lorsqu'elles n'ont pas d'astronautes sous la main. Plus belles encore, elles couchent avec Mick Jagger ou épousent de richissimes armateurs grecs, les belles femmes plus belles que ma mère qui naissent autre part qu'en Abitibi.

À cette époque, elle se trouvait au sommet de sa beauté et l'idée qu'il lui faille un jour redescendre ne lui avait même jamais effleuré l'esprit. Avant chacune de ces soirées, je la regardais se préparer devant sa coiffeuse, puis enfiler une de ses robes moulantes largement décolletées sur le devant ou dans le dos, mais toujours décolletées quelque part, ou son vaporeux ensemble pantalon aux jambes très évasées qui lui donnait des airs de Schéhérazade. Elle avait du chic et elle aimait les belles toilettes. C'est sans doute un peu pour cela qu'elle poussait sans cesse mon père à améliorer sa situation.

Du haut de l'escalier, alors qu'on me croyait au lit, j'assistais à ces réceptions données en l'honneur des succès espérés de mon père, et je m'endormais là, couchée en boule sur l'épaisse moquette, grisée par les murmures, les tintements de verres, le rire clair de ma mère et la trompette de Chet Baker.

— Peux-tu m'expliquer pourquoi t'as dit à Simard que t'aimais pas les reportages de Granger?

Chaque fois, c'étaient leurs disputes qui me sortaient du rêve.

— Simard voulait avoir mon opinion, j'lui ai donnée, c'est tout!

— Mon pauvre Jacques! T'es vraiment d'une naïveté...

— J'suis pas naïf, j'suis franc.

— Ah! Jacques, Jacques, Jacques! Tu me décourages. Tu le vois bien où ça t'a mené, ta belle franchise: des affaires municipales aux chiens écrasés... Si j'avais pas sollicité l'aide de Robert, t'aurais même jamais couvert la politique...

— Solliciter l'aide de Robert... C'est assez joli, dit comme ça!

— Qu'est-ce que tu veux insinuer?

— J'insinue que tes sollicitations commencent à franchement me dégoûter!

— Si tu veux parler de dégoût, je peux t'en parler, moi, du dégoût. C'est à peu près tout ce que tu m'inspires ces temps-ci, le dégoût!

Ils avaient trop bu encore. Et maman traiterait mon père de pauvre type sans ambition, de raté. Ils en viendraient aux coups peut-être, crieraient, briseraient des verres. Le lendemain, je le trouverais couché sur le divan, tout habillé, sa cravate défaite, la bouche ouverte, les bras ballants comme un pendu dont on viendrait de suspendre l'exécution et qui girait au pied de la potence, inconscient. La reine, la fabuleuse reine de beauté abitibienne se serait montrée clémente, encore une fois. Elle lui aurait interdit sa couche mais l'aurait épargné.

*   *   *

À ce point de mon récit, le chauffeur s'est engagé sur la voie rapide. Il ne m'écoutait plus depuis un moment déjà. Il en avait entendu des meilleures et des plus vertes; ça se lisait dans le regard éteint que me renvoyait son rétroviseur. Que veux-tu? Tout le monde, de nos jours, a une enfance malheureuse à raconter, et la plupart prennent le taxi... La suite, je me la suis ressassée en moi-même, comme tant de fois déjà, en regardant défiler le paysage derrière la vitre embuée. Ma mère...

Durant des années, comme une hyène folle et affamée se délectant des pires pourritures, elle s'est acharnée sur sa proie, jusqu'à ce que, n'en pouvant plus de ses harcèlements constants, de ses petites attaques cruelles et répétées, de son insatisfaction chronique, papa décide d'y mettre un terme en jetant sa voiture contre un pilier de béton, à 160 kilomètres à l'heure sur l'autoroute 40, juste avant la sortie de L'Assomption. On a vu les débris à la télévision. J'avais quatorze ans. Je m'en souviens comme on se souvient de demain, d'une abstraction. Une série de chiffres : 14, 40, 160, 1987. Ça n'aurait jamais dû arriver. Après enquête, les experts ont conclu à l'accident. Maman a touché les assurances, de grosses primes, et depuis, elle se fait faire des beautés pour atteindre à l'immortalité. Zéro. Nul.

Avec les années, elle devient de plus en plus légère, ma pauvre mère. Elle n'a plus accès qu'à la surface des choses, les profondeurs lui étant désormais interdites par son esthéticienne : ça risquerait de lui donner des rides… C'est à cause de tout cela que je suis devenue thanatologue. Pour tenter d'alourdir l'atmosphère, de mettre du poids dans notre nacelle devenue ingouvernable après le départ de mon père, ingouvernable par trop de leste. J'aurais voulu empêcher que ses amarres ne cèdent, à ma pauvre mère plus légère que l'air, éviter qu'elle ne soit larguée définitivement, en état d'apesanteur, dans ce vide infini qui l'aspire.

2

Comment lire tout en dansant
la lambada

Le taxi s'est arrêté devant le resto Lambada. Le chauffeur a tourné la manette en sens inverse, stoppant le compteur dans sa course à 11,95 $. Je ne battais pas mon record. Au milieu de l'été, durant un de ces jours de pluie qui marquent souvent la fin des très longues canicules, j'avais fait le même trajet pour 23 $ en racontant ma vie à un chauffeur polonais soûl, comme on dit de sa race, dont l'intérêt marqué pour l'histoire de ma vie, allié à son manque de connaissances toponymiques, avait fait augmenter le tarif de façon considérable. Son intérêt était tel qu'à tous coups il en oubliait de redémarrer quand le feu passait au vert. Celui qui nous avait ramenées, ma mère et moi, de son déridage quinquennal, en plus de ressembler à un des morts qu'on avait eu le loisir de dépecer en classe — même teint grisâtre, même rigidité quasi cadavérique —, ce presque mort-vivant s'était montré à peine ému et ne m'a pris que 15 $, pourboire compris, de l'argent de maman dont j'essayais de me débarrasser le plus rapidement possible pour ne pas risquer de me souiller les poches. Acheter du papier cul, des serviettes hygiéniques, des torchons pour la cuisine, de la dope, des fois, c'est à ça que l'argent sale me servait. Le blanchir en le salissant davantage. Plus et plus égal moins : c'était un peu ça l'idée.

Avant de descendre du taxi, j'ai tout de même serré la main du macchabée, ai repris ma monnaie et l'ai mise

17

dans la section « argent sale » de mon portefeuille à cloisons étanches et multiples pour éviter la contamination. Tu pourras me dire que l'argent gagné au Lambada n'était guère plus propre que celui de ma mère quand tu sauras quel genre de boîte c'est, mais, tu vois, j'ai ma propre morale sur l'hygiène des dollars, et la nécessité, tu en conviendras, nous pousse parfois à faire des choix qui ne sont pas toujours en parfaite concordance avec nos idéaux. À l'aube de la vingtaine, vois-tu, je me suis trouvée dans l'obligation de refaire ma vie ; le premier recommencement d'une longue série. J'ai tout quitté : ma mère, la banlieue paisible où on s'entre-déchirait dans le secret de notre luxueuse demeure et mon poste d'apprentie embaumeuse chez Sanchagrin et fils. Ce n'était plus utile. Plus j'interposais de cadavres entre ma mère et moi, plus je lui rappelais que la mort existait, plus elle semblait vouloir en nier l'évidence. Mais la mort, il faut le savoir, quand on fait semblant de l'ignorer, elle s'insinue, d'abord sournoisement, puis avec obstination. Comme certaines maladies honteuses dont les symptômes n'apparaissent que lorsque le mal a déjà beaucoup progressé, elle nous pénètre insensiblement, s'insère dans notre esprit et reste là à faire les cent pas dans notre tête, à creuser des sillons noirs et profonds jusqu'à ce qu'un jour on finisse par avoir si peur de la vie qu'on n'arrive plus à avancer et qu'on se demande pourquoi.

La mort dans l'âme et le feu au derrière, j'ai donc quitté ma mère, juste après son second lifting, pour venir m'installer seule en ville, et j'ai pris ce boulot minable au Lambada.

À la vue de la façade clinquante du « chic resto pour gens d'affaires prospères », une vague nausée chaque fois me prenait. Tout de cet endroit me déplaisait, à commencer par son directeur qui, dès notre premier entretien, a éveillé en moi une aversion instinctive proche de la répugnance. « On vous laissera servir les viandes froides, au buffet ! » il m'a lancé en se trouvant très drôle. Pour ne pas avoir à entrer dans la subtilité de certains détails qu'il n'aurait de toute évidence pas comprise, j'ai résumé en lui disant que les morts ne m'intéressaient plus, l'ai flatté en lui faisant remarquer que sa «business» était franchement plus vivante, lui ai longuement fait valoir mon sérieux, mon sens du respect et des responsabilités : il s'en foutait comme de son dernier barreau de chaise. Considérant que je ne souriais pas très fort, il m'a forcée à lui montrer mes dents, les a examinées à travers la fumée de son Partagas numéro cinq qui, tu peux me croire, ne sentait pas exactement le Chanel, pour conclure que je ferais mieux l'affaire comme *busgirl*. Ramasser les restes, il pensait que ce serait davantage dans mes cordes, laver les verres, le soir au bar pendant que les autres se trémoussent, il trouvait aussi que j'étais faite pour. En fait, c'est peut-être de la paranoïa de ma part, mais je crois bien que l'idée de voir mon nez en salle le gênait un tantinet. À la morgue, durant mon stage, ou au salon où j'ai eu le loisir d'exercer mes extraordinaires dons de plasticienne, les patrons n'ont jamais tenu compte de ce genre de détails. Je rendais les morts à leurs proches comme ils les avaient toujours connus. Du moment qu'ils s'exclamaient : «Mon Dieu, qu'il est donc ressemblant !», c'est tout ce qui comptait. Le mort, lui, tu t'en doutes bien, s'en fichait pas mal du genre d'appendice qu'on avait. Quant aux autres — les époux, les épouses, les enfants —, ils avaient en général les yeux si embrouillés par le chagrin qu'ils ne nous voyaient pas, ils nous sentaient, mais ne nous voyaient pas vraiment. Par contre, dans un resto comme le Lambada, ce genre de petit détail physionomique prenait tout à coup une importance extraordinaire. Il fallait voir les filles qui travaillaient en salle : presque toutes des Françaises de France, pas de nez, que des petites excroissances en trompette qui vous turlutent ça de haut. Pas de nez, les filles, mais beaucoup de seins, portés très ramassés sur le devant, et beaucoup de jambes. Quoique, de ce côté, je ne sois pas trop dépourvue, ce qui fait qu'au bout d'un mois, le patron m'a mis la main au cul, comme aux autres, en promettant de me hisser au rang de serveuse si je me montrais gentille.

Devenue serveuse agréée, je ne supportais pas davantage l'atmosphère du Lambada, ses murs en miroir, son escalier rouge comme une descente aux enfers, et le gros Carlos, sous-gérant à l'esprit aussi étroit que ses cravates étaient larges, sourd d'une oreille, malentendant de l'autre et toujours incapable après six mois de se souvenir de mon nom.

— Salut, Carlos!

— Salut, Trivoli! Toujours en retard?

— Va te faire foutre!

— Qu'est-ce tu dis?

— J'te d'mande si y a de la soupe.

— Les autres sont déjà à la cuisine. Change-toi d'abord, t'iras bouffer ensuite.

— C'est ça, face de rat!

— Qu'est-ce tu dis?

— J'ai dit: « Très bien, ça ira! »

— T'es gentille, Trivoli!

En pénétrant dans l'antre du diable, je me suis assurée que mon livre se trouvait bien dans la poche de mon imper. M'arracher de ma lecture, ce matin-là, pour accompagner ma mère à son défroissage avait exigé un suprême effort de volonté, et je ne songeais plus qu'au moment où je pourrais la reprendre, me replonger à nouveau dans cette troublante et absolue intimité. Je me sentais possédée. Seul un rendez-vous clandestin dans un motel *cheap* avec un amant réputé durable et formidable aurait pu me procurer une telle hâte, un tel désir d'anticipation.

C'était le premier Romain Gary que ma copine Sarah me prêtait. Le livre de poche, tout abîmé, acheté d'occasion dans une bouquinerie, avait été torturé à l'encre rouge par un certain Jérôme P. Lagacé qui visiblement l'avait moyennement aimé, puisqu'il n'avait pas hésité à s'en débarrasser contre une modeste somme d'argent. Durant plusieurs jours, le pilote de guerre découpé à la tronçonneuse, plaqué sur un fond bleu, uni et froid comme un ciel d'Alaska, était resté couché sur ma table de chevet au-dessus de la pile de vieux *Paris Match* et de *Marie-Claire* que ma mère me refilait et qui constituaient depuis toujours sa principale, voire unique, nourriture intellectuelle. Chaque soir, je croisais le regard du pilote, me demandant comment ce gros lourdaud posté devant son engin à hélice, les bras pendants le long de son corps, l'air effaré, pour ne pas dire carrément idiot, avait pu séduire Sarah et l'amener à lire d'une seule traite ce récit qu'elle considérait depuis comme la plus grande révélation de sa vie.

Ce n'est qu'après avoir épuisé la saga entière de la famille impériale de Monaco et tout appris sur les mariages successifs de Johnny Hallyday que j'avais attaqué, davantage pour faire plaisir à Sarah qu'autre chose, l'histoire de l'aviateur. Les premières pages m'avaient un peu moins excitée que les épousailles de Johnny, et j'allais me rallier du côté de Jérôme P., quand le deuxième chapitre m'a happée et fait subir à mon tour l'envoûtement.

C'est ce soir-là, vers la fin de mon service au Lambada, que j'ai connu la véritable illumination. Installée derrière le paravent qui séparait la salle de la cuisine, je pouvais à la fois lire et garder à l'œil les derniers clients qui s'attardaient au-dessus d'un café cognac en fumant de gros cigares malodorants. Les trois hommes engoncés dans des costumes-cravates marine pratiquement identiques, conformes en tous points au modèle masculin composant notre clientèle habituelle, attendaient pour quitter la table les premières notes annonçant le début du spectacle exotico-érotique qui avait lieu, comme tous les vendredis soir, au sous-sol de l'établissement.

— J'ai loué un condo près du club à Pompano Beach. Ma femme et moi, on a fait pratiquement une partie par jour pendant deux semaines. Quatre-vingt-cinq de moyenne !

— Tu joues au golf avec ta femme ? a tonné le plus gros des trois hommes.

— Ben non! Juste pendant les vacances! a gloussé le premier.

Pendant qu'en bas les serveurs disposaient artistiquement les palmiers de plastique et que les filles se travestissaient en entraîneuses créoles, j'ai repris ma lecture où je l'avais laissée avant le début du service.

Mais je venais d'avoir dix-sept ans et je ne savais encore rien de moi-même.

Chacune de ses phrases me soûlait l'âme, m'excitait l'esprit, au point que je me sentais parfois prise de vertige. Depuis longtemps, rien ni personne ne m'avait procuré un tel sentiment d'exaltation. Cet homme parlait de choses auxquelles, confusément, j'avais déjà réfléchi, en employant des mots qui auraient pu être les miens si j'avais su parler.

J'étais donc loin de soupçonner qu'il arrive aux hommes de traverser la vie, d'occuper des postes importants et de mourir sans jamais parvenir à se débarrasser de l'enfant tapi dans l'ombre.

— Si tu prêtais ton condo à la V.-P. de Stewart Wilson, peut-être qu'elle finirait par te les vendre, ses maudites actions! hurla l'amateur de golf, me tirant brusquement de ma lecture.

— T'as vu la cote ce matin? Trente-deux virgule huit.

— Elle a touché 35 000 $ en dividendes, l'an dernier!

— La salope!

Assoiffé d'attention, attendant jusqu'à la dernière ride une main douce qui caresserait sa tête et une voix qui murmurerait: « Oui, mon chéri, oui. Maman t'aime toujours comme personne d'autre n'a jamais su t'aimer. »

Je n'étais plus seule maintenant, égarée dans ce monde insensible et froid, entourée d'étrangers qui ne parlaient pas la même langue que moi. Je n'étais plus seule, il y avait Romain Gary. Nous étions deux, Sarah et moi, à l'aimer profondément. Et déjà, je le sentais, on ne serait pas trop de deux pour aimer un homme d'une pareille envergure.

3

Deux merguez dans le couscous

— Sarah! C'est moi! J'te dérange?

— Non! J'suis seule, Fred a une répète ce soir!

— C'est formidable! Je n'ai jamais rien lu de si beau!

— Je le savais que ça te plairait!

Elle dit toujours savoir ce qui va me plaire ou pas, Sarah, mais après coup. C'est facile, après coup!

— Ça m'a tellement touchée!

— Attends-moi une seconde, je me prends une cigarette.

J'ai entendu Sarah, à l'autre bout du fil, fouiller dans son sac, allumer une cigarette — avec son briquet du Flamant rose, sans doute — et expirer longuement la fumée de la première bouffée. Elle a une très jolie façon d'expirer la fumée des premières bouffées, Sarah, en regardant le ciel, les yeux mi-clos. Elle a une très jolie façon de faire à peu près tout, Sarah, avec des gestes souples, des mouvements fluides qui semblent avoir été chorégraphiés par un professionnel.

— Ça t'a fait pleurer, toi? elle m'a demandé en tirant à nouveau sur sa cigarette.

— Pendant toute une nuit presque. Mais je n'ai pas encore compris ce qui m'a tant remuée dans ce livre.

— L'amour, peut-être? Cette espèce d'amour inconditionnel que sa mère avait pour lui. C'est touchant, cet amour-là, non? Et la confiance. Elle a tellement confiance en lui, c'est fou!

— Oui, déjà, petit, elle imagine qu'il va devenir un géant.

— T'as vu, elle dit: «Un jour, mon fils sera ambassadeur de France, chevalier de la Légion d'honneur», et il le devient. Elle souhaite qu'un jour il devienne un grand auteur, qu'on lui décerne le prix Nobel; il se met à écrire et ramasse les prix à la pelle...

— Ouais, c'est un peu comme moi, ça. Ma mère m'a toujours dit que j'arriverais à rien, que j'étais paresseuse comme une négresse. Ben, tu vois, la semaine prochaine, j'vais devoir me mettre des plumes dans le cul et danser la lambada avec des vieux cochons!

— Tu vas descendre travailler au bar? C'est pas vrai?

— C'est pas comme si j'avais le choix. Le message était clair: si je fais pas les soirées lambada, je suis virée. Oups! attends-moi une seconde, j'ai un appel sur l'autre ligne.

* * *

— Tiffanny? C'est maman! Stéphane au salon m'a dit que t'étais passée cette semaine?

— ...

— T'as pas fait couper tes beaux cheveux? C'est pas vrai!

* * *

— Sarah! j'te rappelle, j'ai ma mère sur l'autre ligne.

— Oh! Miss Grand Nord 1967!

— Sarah! tu sais, toi, à quel âge dans la vie nos cheveux commencent à nous appartenir?

— Quoi?

— Non, laisse! J'te rappelle!

— T'as pas envie d'aller prendre une bière au Boucan?

— Je faxe du Valium à ma mère et je te rejoins!

* * *

— Tiff, laisse tomber c'te place de débauchés. T'es malheureuse comme une pierre au rein depuis que tu travailles pour c'te vieux croûton libidineux.

— Je sais! Mais comprends que…

— C'est tellement plouc comme resto. Si tu démissionnes pas, j'vais aller lui griller au napalm sa forêt tropicale, à ton gros roi de la jungle artificielle!

Sarah, c'est la championne des métaphores douteuses et des solutions modérées. On était installées au comptoir de notre bar préféré depuis à peine vingt minutes que déjà elle me suggérait d'aller couper ses couilles au patron, de lui fourrer ses bananes tu vois où et de me sauver avec la caisse et ma tenue de serveuse parce que, tout de même, elle aimait bien la petite jupe à fleurs exotiques avec le gros nœud derrière pour faire comme les Africaines.

— Non mais, excuse-moi de te casser ton trip! J'pouvais pas deviner que t'ambitionnais de devenir la Joséphine Baker des pauvres!

Quand elle versait dans l'ironie, elle m'énervait comme ce n'est pas permis. J'ai souvent eu envie de l'envoyer promener, Sarah, mais je me suis toujours rappelée à temps que je ne possédais pas des tonnes d'amis et surtout aucun qui soit capable de s'exciter sur mon sort à ce point. J'ai commandé d'autres bières à la serveuse, on s'est calmées un peu, puis Sarah s'est levée sans prévenir, comme à l'accoutumée, pour aller se repoudrer le nez. Toujours très consciente de l'effet qu'elle produisait sur les autres, elle a traversé le bar, la tête haute, la démarche assurée, en balançant des hanches juste ce qu'il faut pour attirer les regards sur son arrière-train rebondi. Quelle nonchalance! Quelle légèreté! je me disais. On voyait bien qu'elle n'avait jamais eu de réfugié politique à nourrir, qu'elle ne pensait pas deux secondes aux Croates, à la Bosnie, au monde. À partir de ce fameux soir où j'avais rencontré Stevo, au café Sarajevo — la fois où, pensant voir un spectacle de musique gitane, on était tombées sur une lecture de poésie engagée — elle était restée amère, Sarah. Depuis, elle tentait d'analyser le complexe Florence Nightingale dont selon elle je souffrais, et qui me poussait à croire que je pouvais à moi seule faire cesser des conflits mondiaux en aimant de tout mon cœur un ancien combattant. Ce à quoi je répondais : «Et toi, Miss J'aime-celui-qui-m'aime-est-ce-ma-faute-à-moi-si-ce-n'est-pas-le-même-que-j'aime-à-chaque-fois, qu'est-ce que tu connais de l'amour ? Je veux dire, de l'amour véritable ?» Et elle de répliquer : «Je sais tout de l'amour !» Je disais : «Ah oui ?» Elle disait : «Oui, je sais ce que c'est l'amour véritable, j'ai vu des films, je sais ce que c'est que l'amour.» Et elle disait cela avec une telle tristesse dans les yeux — parce qu'elle n'avait jamais été très bien aimée, Sarah — que lorsqu'une larme perlait au bord de ses cils, je m'excusais aussitôt d'avoir été cruelle et recommandais des bières, pour chaque fois me rendre compte que la culpabilité me forçait à payer des tournées bien plus souvent qu'à mon tour, et que Sarah, faut bien le dire, était une foutue manipulatrice, doublée d'une sacrée bonne comédienne.

Elle aurait mérité d'être choisie dans ce casting de pudding où elle avait rencontré le beau Fred, son amoureux du moment. Il auditionnait pour le rôle du pudding, elle pour celui de la cuillère. Fred avait été engagé tout de suite ; on l'avait rappelé le jour même. Les gens de l'agence étaient tombés en bas de leurs fauteuils capitonnés devant la qualité exceptionnelle de son jeu. Il avait fréquenté l'École nationale, étudié Stanislavski, tout le bazar, et savait se mettre à la place d'un homme qui meurt ou qui se demande s'il devrait être ou ne pas être autant qu'à la place d'un pudding, peu importe le parfum.

Sarah, elle, n'avait pas décroché le rôle parce qu'elle avait l'air trop arrogante pour une cuillère au dire de l'agent de casting qui l'aurait plutôt vue dans un rôle agressif, celui du couteau par exemple, mais comme il n'y avait pas de couteau prévu dans le script, il avait dit :

28

Don't call us. We'll call you et n'avait jamais rappelé. « C'est pas grave, ma p'tite pitoune ! On va finir par faire une star de toi ! Un jour, ils vont tous r'gretter de ne pas avoir été les premiers à te donner ta chance ! » l'avait rassurée Marcel, son père, qui travaillait dans la pub avant de se découvrir homosexuel, de quitter son emploi, sa femme, ses enfants et d'ouvrir, avec son jeune amant espagnol, le Flamant rose, le plus grand cabaret de travestis du gai village ; ce qui ne l'empêche pas de croire en elle et de lui refiler, au minimum, 50 $ d'argent de poche par semaine. « *Fuck them all !* » gueulait le jeune travelo andalou en replaçant les baleines de son soutien-gorge demi-buste. « *Fuck them all !* »

Lorsque Sarah a retraversé la salle en coupant la fumée de son opulente poitrine, les regards des hommes, cette fois, se sont braqués sur la partie avant de son anatomie. Tandis qu'elle réenfourchait son tabouret, j'ai bénéficié au passage de l'attention de certains reluqueurs qui ne se sont pas attardés très longtemps sur ma petite personne car, aussitôt rassise, Sarah a plongé sa langue dans la mousse épaisse de sa Guinness, puis entrepris un tour complet du verre en lapant goulûment les bords, ce qui a créé parmi les prédateurs un genre de mini-commotion. Mes charmes, moins visibles que ceux de ma belle amie, exigeaient de meilleures conditions pour produire leur effet. En sa présence, je devenais la queue de la comète, la mèche du pétard ; cela ne me vexait pas, je m'en amusais même. Me faisant petit ver au bout de l'hameçon, je la regardais briller au-dessus de moi comme un joli leurre dans une eau grouillante de poissons voraces.

— Pourquoi tu ne viendrais pas travailler à la cantine avec moi ? elle m'a lancé en émergeant subitement de sa chope.

En attendant la gloire, Sarah jouait les cantinières dans un casse-croûte ambulant, un réfrigérateur sur roues en aluminium chromé, très glamour, très *fifties*. Elle donnait chaque semaine des dizaines et des dizaines de représentations, une quinzaine de tournées à travers les plus grands parcs industriels de la Rive-Sud. Inutile de te dire que ses premiers passages avaient aussitôt été remarqués. Rapidement surnommée la Marilyn des chantiers, elle s'était mise à imprimer des baisers en rouge à lèvres sur les serviettes en papier de ses meilleurs clients et à signer des rapports de vente très largement au-dessus de la moyenne.

— T'as pas déjà conduit des corbillards, toi ?

— Quel rapport ? je lui ai demandé.

— L'étudiant qu'on a embauché cet été r'tourne aux études dans quelques semaines, tu pourrais prendre sa place comme chauffeur !

— Mais t'as souvent dit que tu trouvais les heures trop longues, que c'était pas très…

— Mais ensemble ce serait pas pareil ! elle m'a coupée, excitée. Une brune et une blonde, t'imagines l'impact ! On se ferait des pourboires d'enfer ! On travaillerait très fort, on ramasserait nos sous pour aller le voir à Paris.

— Qui ça ?

— Ben, Romain Gary ! elle s'est étouffée, outrée de voir que je n'y pensais plus alors qu'elle ne pensait qu'à ça.

Aussi nombreuses et fulgurantes que soient ses passions, Sarah exigeait, à l'époque, que nous les partagions toutes, de façon simultanée et avec le même degré d'intensité. Véritable pyromane des émotions, elle ne pouvait s'enflammer pour une personne ou une idée nouvelle sans avoir envie de mettre le feu partout. Elle brûlait d'une si rare intensité qu'on aurait très bien pu la retrouver en petit tas de cendres fumant, victime d'autocombustion spontanée, sans que personne ne s'en étonne le moins du monde.

— Dis oui, Tiff ! Dis oui ! suppliait-elle maintenant, comme si sa vie en dépendait. On pourrait descendre à Nice, voir l'hôtel Mermonts, la plage des Suédoises, marcher sur la Promenade des Anglais… On irait mettre des fleurs sur la tombe de sa mère, toi qui raffoles des cimetières. Ça te dirait pas qu'on parte, juste nous deux ?

Bien sûr que j'en avais envie. J'aurais pu sauter dans train en marche, m'embarquer sur un cargo infâme et puant, m'enfuir dans le plus lointain et le moins civilisé des pays, tellement la vie me pesait ce soir-là. Elle me pesait si fort, si lourdement qu'elle me clouait au sol, m'empêchait de réagir.

— On laisse tout tomber, Tiff. On laisse tout tomber et on part! a lancé Sarah, dont la seule peur dans la vie était d'en gaspiller ne serait-ce qu'une toute petite minute. J'ai entendu mon angoisse lui répondre à ma place.

— Et les sous? On les prendrait où, les sous, dans ton plan?

— T'angoisse pas là-dessus. T'as qu'à demander à ta mère!

— Jamais! j'ai dit.

On a avalé une gorgée de bière, puis on est restées un moment sans parler, un très court moment, parce que Sarah ne supporte pas tellement le silence, ça lui fait vibrer les pavillons, ça lui martèle l'enclume, on dirait.

— Comment elle va, Miss Grand Nord?

Sarah attendait toujours que j'aie le moral au plus bas pour prendre des nouvelles de ma mère.

— Sais-tu si ça cicatrise bien, son affaire? elle a ajouté pour achever l'effort qu'elle avait entrepris pour faire diversion.

— Je sais pas, Sarah. Je m'en fous!

— C'est devant ou derrière les oreilles qu'ils font les entailles pour remonter la peau?

— C'est devant, qu'est-ce tu penses! Sinon ils seraient obligés de reculer les oreilles pour lisser le devant!

Depuis un moment, Maher, l'inénarrable patron du Boucan, astiquait le comptoir, l'oreille tendue pour tenter de saisir des bribes de notre éthylique mais non moins édifiante conversation. Hypocritement, comme la pire des fouines qu'il est, il avançait à petits pas dans notre direction comme si son torchon, échappant au contrôle de sa volonté, le menait droit vers nous.

— Alors, les filles, ça va ?

— ...

— Ça va, les amours ?

— ...

— Tu veux toujours pas m'épouser, ma belle Sarah ?

— Ouais. Faudrait peut-être qu'on demande la permission à ta femme d'abord, hein, Maher ?

— Pas la peine, la gazelle, je peux prendre autant de femmes que je veux, moi, c'est permis dans ma religion !

— Tu peux pas prendre une femme contre sa volonté, quand même ! j'ai dit.

— Sa volonté à elle, peuh ! c'est pas ce qui compte... Si son père est d'accord, il prend la dot et, moi, je me barre avec la fille.

— Dans ce cas-là, c'est réglé, alors ! Parce que mon père, t'es pas du tout son genre ! a répliqué Sarah avec son fameux sens de la répartie que je lui enviais parfois.

— Pourquoi t'es si méchante avec moi, ma beauté ? Moi qui te bâtirais des ponts d'or. Tu me brises le cœur. Bientôt, je vais être un vieil homme, ma zigounette ne va même plus fonctionner. Tel que tu me vois, je suis au meilleur de ma forme, au pic, au zénith...

— Arrête, Maher, tu ressembles à un marchand de tapis avec ta zigounette au zénith. De toute façon, ça ne sert à rien d'insister, mon cœur est déjà pris.

— On peut savoir qui est l'heureux élu ? s'est enquis Maher en prenant un air semi-détaché.

— Il s'appelle Romain.

— L'idiot déguisé en crème dessert à la télé ? il a demandé, méchant.

Depuis la diffusion massive à heure de grande écoute de la fameuse pub pudding, Fred s'était acquis une formidable et fulgurante notoriété.

— Non, lui, c'est Fred, a répondu Sarah, légèrement irritée.

— Alors, c'est l'étranger qui vit dans la cave chez toi, Tiff ?

— Non, lui, c'est un Yougoslave. Romain, lui, il est Russe, j'ai expliqué pour le situer un peu.

— Vous avez fini de jouer aux devinettes, les filles?

— On joue pas. C'est vrai! C'est même l'homme le plus vrai qu'on a jamais connu, hein, Tiff? C'est le seul homme au monde qu'on aurait envie d'épouser.

— L'une après l'autre ou en même temps?

— Ben, si la bigamie, ça vaut pour toi, Maher, ça vaut aussi pour lui, non? j'ai répliqué avec mon sens de la répartie qui commençait tranquillement à s'affiner.

— Mais il est pas Arabe, lui, il est Russe! Cette loi, elle marche que pour les Arabes, pas pour les Russes! a répondu l'Arabe qui prêchait toujours pour sa mosquée.

— Mais, il est pas seulement Russe, notre fiancé, il est juif aussi! a rajouté Sarah.

— Oh là, là, là, là! Un juif! Vous voulez épouser un rat de juif? Oh là, là! Bonne chance, les gazelles!

— C'est un homme très profond, il a fait la guerre. Il a beaucoup souffert, j'ai dit.

— Montrez-moi un juif, les filles, qui ne se vante pas d'avoir souffert. Et pis d'abord, comment il s'appelle, votre juif?

— Romain, on te l'a déjà dit!

— Romain quoi?

— Ga-ry, a soufflé Sarah en enrobant les deux syllabes d'une sensualité pleine de mystère.

Le patron a éclaté d'un rire énorme et somme toute assez malpoli.

— Romain Gary? Ah! elle est bonne, celle-là! Romain Gary! Elles sont amoureuses de Romain Gary!

Il s'est gondolé un bon moment derrière son comptoir avant de reprendre contenance. On a bu un peu en attendant que ça lui passe.

— Vous m'avez bien fait marcher, les filles! Romain Gary! Elle est bonne, celle-là!

— Ben quoi?

— Mais, pauvres cloches, il est mort, Romain Gary! Et

s'il s'était pas fait sauter sa misérable tronche de clown triste, il aurait bien dans les cent cinquante ans, à l'heure actuelle!

Cent cinquante ans. Il exagérait, le Maher. Au pire, il aurait peut-être eu dans les soixante-dix, à cette époque où nous en avions vingt et quelque. Et puis, en dehors des histoires de zigounette, quelle différence ça pouvait bien faire, l'âge, on se l'demande! Maher, quand c'était pas l'alcool, c'était la jalousie qui le faisait déparler.

— Maintenant que t'es veuve, Sarah, ma biche, il n'y a plus d'empêchement à notre mariage, hein?

— Ah! fous-lui la paix, Maher!

Pareil à un chien à qui on vient de filer un coup de pied sous la table, le patron, piteux, s'est éloigné à petits pas, presque à reculons, comme s'il craignait qu'on lui tire une balle dans le dos. La tête appuyée dans le creux de sa main, Sarah fixait le vide immense qui venait de se créer autour d'elle. Jamais je ne l'avais vue si dépitée. Des litres et des litres d'eau, on aurait dit, venaient d'être largués sur son dernier embrasement, on pouvait presque sentir l'odeur des débris fumants. Pendant un moment, j'ai cru qu'elle allait se mettre à pleurer.

Ressentir dans la même semaine un coup de foudre immense et le chagrin du deuil lui a vraiment donné un choc terrible, à Sarah. Elle avait beau carburer depuis des années à l'émotion forte, rechercher des sensations toujours plus grandes, des plaisirs de plus en plus raffinés pour nourrir sa nature boulimique et passionnée, il lui arrivait encore de ne pas bien mesurer les effets de ces prises à fortes doses. Mon tempérament prudent et modéré servait de garde-fou à ses fréquents dérapages.

— On aurait peut-être été déçues de le rencontrer. Il était sans doute pas aussi bien que ça, dans la vie, j'ai dit doucement en lui prenant l'avant-bras comme pour l'aider à descendre d'un chariot de montagne russe.

— Pas aussi bien que ça! elle s'est étouffée en reprenant son bras pour empoigner son verre et le finir d'un seul trait. J'ai jamais connu un homme qui aimait autant les femmes, un homme aussi excitant intellectuellement, aussi lucide, aussi fort, aussi tout! Et puis, pouf! j'apprends qu'il est mort!

Pour être souvent tombée amoureuse de jeunes accidentés de la route fauchés dans la fleur de l'âge ou m'être quelque fois émue sur le visage buriné de papis morts sereins, j'accusais mieux le choc.

— Bof! quand on écrit sa vie, on peut bien raconter ce qu'on veut. Il a mis un peu d'emphase sur ses bons côtés, c'est tout! C'est un peu lui, c'est vrai, mais en concentré, j'ai dit en pensant que des paroles sages pouvaient l'apaiser.

— Tu dis n'importe quoi! a bougonné Sarah avec des yeux que les larmes contenues rendaient noirs et brillants. De toute façon, qu'est ce que tu peux en dire? T'as toujours préféré les morts aux vivants, toi!

Ce que je peux en dire, c'est que oui, j'ai du mal à y croire à l'amour des vivants, ma belle amie. Tu y crois, toi, à ce petit sentiment fragile et inconstant qui faiblit à la moindre raison et qui cesse à peu près d'exister du moment qu'on en parle? C'est plus vil, plus menteur que n'importe quoi. Ça se croit sublime et généreux quand c'est, au contraire, trivial et égoïste; ça se dit beau, supérieur, quand ça ne fait que blesser, trahir, abandonner. Je chéris mes morts, parce que d'eux, je peux me croire aimée éternellement, et je les aime en retour comme dans ces rêves parfaits qu'on arrivait à refaire, nuit après nuit, quand on était petites et que tout nous faisait peur.

— L'amour n'a pas besoin d'être partagé pour être ressenti, j'ai dit, pour résumer ma pensée.

Le sourcil droit de Sarah s'est dressé en forme d'accent circonflexe. Elle a dit: «Quoi?» d'un air narquois. Pendant un moment, j'ai cru que je l'intéressais.

— De toute façon, j'ai poursuivi, on n'arrive jamais à donner à l'autre ce qu'il s'attend à recevoir… Et puis, quand l'autre est censé nous aimer, on se met à attendre quelque chose qui ne vient jamais, du moins, jamais comme on l'avait imaginé...

— Dis donc, toi ? T'étudies la philosophie en cachette, maintenant ?

Ce qu'elle pouvait être cruelle, Sarah, des fois, et brutale avec ça ! Elle aurait fait mettre à genoux, crier pitié, pleurer en réclamant sa mère le pire des tortionnaires.

— Bah ! excuse-moi. Je ne voulais pas te blesser. Je t'aime, Tiff ! Je t'aime beaucoup, tu le sais ? elle a bredouillé en prenant son air le plus faussement contrit.

— Tu dois sans doute m'aimer beaucoup, oui, parce que, tu vois, ça me fait mal ici, je lui ai dit en montrant l'endroit dans ma poitrine où ça se crispe toujours si fort.

— T'as besoin d'un cognac, c'est tout !

Elle ne supportait pas l'apitoiement, je le savais pourtant, depuis le temps.

— Maher ! Amène-nous deux cognacs, doubles ! On va s'asseoir en arrière !

Alors que nous allions nous asseoir au fond du bar, près de la table de billard, un des piliers du chic Boucan qui n'avait pas encore appris, malgré une carrière sérieuse et appliquée dans l'ivrognerie, à garder une certaine contenance ou un minimum d'équilibre dans ses déambulations a heurté Sarah de plein fouet. La violence du choc a fait voler son gros sac dans les airs. La bouche de son « baise-en-ville », comme elle l'appelait communément, a bâillé en vol, laissant s'échapper une flopée de livres, tous de poche et de Romain Gary, qui ont battu des ailes comme des mouettes malades, flop, flop, flop, flop ! avant de venir s'écraser sur le sol crasseux au milieu d'une flaque de bière où s'ébrouaient les mégots de cigarettes et les écales de *peanuts*.

En regardant tomber les livres dans un doux relenti, je me suis remémoré le poème de Baudelaire que j'avais tant aimé : *Le Poète est semblable au prince des nuées qui hante la tempête et se rit de l'archer. Exilé sur le sol au milieu des huées, ses ailes de géant l'empêchent de marcher.* Quel à-propos, qu'elle pertinence! je me disais. J'étais à réfléchir sur le plaisir qu'ont les gens qui possèdent une vaste culture à se titiller l'esprit, à s'amuser pour pas cher en faisant des liens, comme ça, à longueur de journée, quand Sarah, hors d'elle, s'est mise à hurler comme une chanteuse populaire. En traitant le poivrot de tous les noms, elle a menacé de lui arracher les yeux et de les lui faire boire dans sa bière, juré qu'elle lui ferait couper les deux bras. «Et tellement courts avec ça que tu pourras plus jamais lever le coude», elle a ajouté sans même reprendre son souffle. L'homme, semblant la trouver tout à fait désopilante, a gloussé d'un rire bête d'idiot de village.

Capitulant devant tant de bêtise, Sarah a ramassé les livres détrempés, les a fourrés rageusement au fond de son grand sac et m'a entraînée vers le fond de la salle avec une telle force que, comme un cerf-volant pris dans une grande bourrasque, j'ai eu l'impression de quitter le sol et de me rendre en vol plané jusqu'à la table où, je ne sais par quel miracle, nous attendaient encore nos deux cognacs.

— Tous des crétins! elle a ronchonné en s'assoyant, son gros sac serré contre sa poitrine.

— Tous des crétins, sauf Romain!

Elle a ri. Un peu. C'était à mon tour de me montrer désopilante.

4

Bière et cercueils

Il ne passerait plus d'autobus, ça devenait évident. Mais vu l'état d'ébriété avancée dans lequel on se trouvait, on a mis deux bonnes heures avant de le réaliser. Assises tranquilles sur le banc de l'arrêt où il ne passerait plus de bus, on a vu les derniers piliers du bar quitter l'établissement sans qu'il s'écroule pour autant. Partis cuver leur vin chez eux ou ailleurs, ils ont laissé la rue déserte après leur bruyant et titubant passage. À part quelques taxis en maraude, les voitures se faisaient de plus en plus rares à mesure que l'heure avançait. Ce n'était ni la nuit ni le jour. Bientôt, le soleil allait se lever, la ville s'animerait à nouveau, on ouvrirait les boutiques, on activerait les ascenseurs, ça se mettrait à fourmiller, à bruire, à tapager. Le *morning man* répéterait comme la veille au même moment : il est six heures quarante-cinq, vous écoutez la radio qui fait vibrer votre été, il fait soleil et c'est superlativement merveilleux. Des hommes et des femmes en vêtements propres et coordonnés — chaussures et jupes assorties au chemisier, cravates de fantaisie — quitteraient leur maison hypothéquée, monteraient dans leur voiture louée et iraient se mettre en file indienne pour entreprendre l'interminable traversée du pont. Sur l'autre rive, des femmes pressées portant des enfants à peine réveillés sous le bras, de plus grands trottinant derrière elles, des mallettes à la main, des listes d'épicerie dans la poche, se rueraient vers les garderies pour mettre les petits en consigne. Arrivés au bureau, ils prendraient tous un café, comme s'ils n'étaient pas déjà assez énervés, se raconteraient leur week-end ou le téléfilm de la veille, s'ils n'avaient pas d'histoires personnelles à raconter, puis se mettraient au travail. Dès midi, la vie, avec son lot de petits soucis, aurait repris son cours normal. Ils auraient tous cessé de penser qu'ils pourraient être autre part, à faire autre chose de plus agréable et s'estimeraient chanceux d'avoir du travail, parce que tout le monde de nos jours n'en a pas. Le lendemain et le surlendemain, ils referaient les mêmes gestes dans ce même ordre rassurant jusqu'au prochain week-end qui n'est jamais assez long pour prendre le temps de penser qu'on n'a plus le temps de rien faire, pas même de se souvenir que, plus jeune, on s'était promis une vie hors du commun.

Et nous, nous étions là, Sarah et moi dans la nuit, à l'heure avancée de Nice, à attendre un autobus qui ne passerait plus, et on se sentait vivantes comme jamais. Personne ne nous attendait, ni Fred ni Stevo qui ne m'attendait jamais, qui n'attendait plus rien, ni personne, parce que tout lui était déjà arrivé plus d'une fois.

— T'as pas une cigarette?

Sans même qu'on l'ait sentie venir, une grande masse noire et biscornue de forme vaguement humaine venait de faire irruption dans notre bulle. Sortis d'on ne sait où, comme si le ventre de la ville venait de s'ouvrir dans un déchirement boueux, une bande de punks en haillons du dimanche ont traversé la rue, traînant leurs bottes énormes, leurs vestes à chaînes et à clous dans un étrange bruit de ferraille. Slingk, slingk! Slingk, slingk! Chacun de leurs pas pour remonter jusqu'à nous semblait demander un effort que leur pauvre carcasse n'arrivait plus à fournir. Slingk, slingk! Slingk, slingk!

Pendant que le premier type se servait largement à même mon paquet, comme s'il ne m'appartenait déjà plus, une fille maigre et livide est venue se pendre à son cou.

— C'est toi, la fille qui vend des cercueils?

J'ai reconnu la fille maigre à ses lèvres surdimensionnées d'un bleu violacé comme la bouche d'un noyé. On s'était parlé au bar, un soir de grand cafard. J'avais regardé sa grande bouche violette, sur laquelle s'accrochait une série d'anneaux argentés, remuer pour ne rien dire pendant une heure d'une longueur infinie. Je m'étais sentie vide en repartant ce soir-là, je me souviens, je m'étais sentie seule, vide et si peu originale avec ma petite bouche rose pâle et ma tête banalement percée de trous qui ne servent qu'à entendre et à respirer.

— Est-ce que tu vends des cercueils à deux places? Parce que, moi pis Tom, on voudrait se faire enterrer ensemble.

Les autres ont ri, avec des rires gras et rauques de sanatorium section «phase terminale».

— Je travaille plus dans les cercueils, j'ai dit en essayant de ne pas faire voir que leur tentative d'intimidation fonctionnait plutôt bien, merci.

— C'est nul! Parce que, nous, on comptait sur toi. On se disait que t'aurais pu nous en avoir un, cercueil. On aurait voulu le mettre dans notre chambre pour dormir dedans, pour se faire à l'idée, t'sais.

Sarah, qui ne semblait pas avoir particulièrement envie de fraterniser, tripotait son briquet du Flamant rose comme elle le faisait chaque fois qu'elle était énervée.

— Il est beau, ton briquet. Je peux le voir?

Une fille toute vêtue de rouge venait de se détacher du groupe et de s'asseoir sur le banc, près de Sarah. Celle-là, on la connaissait bien. Tout le monde au Boucan l'appelait Lady, comme dans *Lady in red*, la chanson sirupeuse sur laquelle, un soir, elle avait dansé, passant des bras d'un homme à ceux d'un autre sans même se rendre compte que les corps contre lesquels elle se lovait n'étaient pas toujours le même. *The lady in red is dancing with me, cheek to cheek, there's nobody here, it's just you and me...* Quelqu'un la prenait dans ses bras, elle sentait un souffle chaud sur sa nuque et c'est tout ce qui comptait. Les hommes riaient en se passant cette petite chose toute défaite, la manœuvraient comme une vulgaire poupée de latex, mais elle n'entendait pas, ne sentait rien. Elle chantait tout bas, des larmes plein les yeux, sa conscience évanouie quelque part dans une cabine de toilettes tachée de sang, quelques neurones échangés contre une dose de n'importe quoi d'assez fort pour faire oublier qu'on est encore vivant. Elle avait rarement toute sa tête, Lady, mais quelque chose de naïf, d'enfantin en elle la rendait attachante. Quand elle parlait, c'est étrange, on aurait dit que des tableaux se peignaient devant nos yeux. Elle nous faisait voir des démons et des anges, des champs de tournesols sous des ciels chargés d'orage. Elle parlait de l'amour et de la haine des autres comme d'un même sentiment parce que, dans son univers, ceux qu'on disait mauvais lui apportaient souvent ce qu'elle jugeait bon, tandis que ceux qu'on disait bons ne cessaient de la juger et de lui offrir une espèce d'amour assorti de conditions qu'elle savait ne pas pouvoir remplir. Sans aucune forme de défense pour se protéger des attaques extérieures, son cœur de petit animal sauvage se donnait librement en pâture à la cruauté du monde.

— Tiens, on vous laisse Lady en échange des *smokes*, a dit le chef des punks en me lançant mon paquet vide.

— On lui a dit qu'on n'avait pas de dope, mais elle nous colle au cul comme une vraie sangsue! a ajouté sa blême copine qui semblait tranquillement se vider de son sang sur le trottoir.

— La seule dope qu'on a, nous, c'est des livres, a marmonné Sarah sans détacher son regard du briquet que Lady examinait avec une attention excessive considérant l'insignifiance de l'objet.

— Des livres?

Un passage à vide, quelque chose comme la ligne plate d'un électro-encéphalogramme s'est dessiné dans le regard déjà pas très animé du Roméo gothique; sa Juliette, que la réponse de Sarah avait rendue infiniment perplexe, a fini par hausser les épaules et tourner les talons. On ne possédait plus rien, que ce soient cercueil, cigarettes ou dope, qui pouvait les intéresser, tant mieux. Slingk, slingk! Sans plus de salutations, les petits rats de ville se sont éloignés dans la nuit. Slingk, slingk! Slingk, slingk! et ont disparu aussi soudainement qu'ils étaient venus, comme s'ils venaient de redescendre dans les profondeurs de la cité en refermant le couvercle de la bouche d'égout derrière eux.

Laissée à son pauvre sort d'abandonnée perpétuelle, Lady, vaguement triste, légèrement en colère, regardait ses bottillons rouges en tirant des fils sur le bas de sa robe comme une araignée folle détissant la toile sur laquelle elle est assise.

— Y a pas juste moi qui pue! Y a pas juste moi qui est foutue! elle a dit, presque inaudible, avec son joli accent d'où elle venait, quelque part dans le sud de la France. Tu connais quelqu'un, toi, qui est accroché à rien?

Sa question ne s'adressait pas à nous spécialement, elle était lancée au monde, à Dieu qui semble parfois exister, comme ça tard le soir, quand le ciel noir et tacheté d'étoiles paraît tout à coup habité.

— Le hasch, la coke, l'héro, c'est pas hypocrite comme dope, au moins. Tu sais ce que tu fais au moment où tu le fais. Tu sais surtout pourquoi tu le fais…

Lady parlait d'une voix douce au timbre comique comme celle d'un personnage de dessin animé. Elle avait toujours ce ton candide, même pour décrire les pires horreurs.

— L'alcool, les pilules, les accros du travail, ceux qui s'accrochent à des amours sans amour parce qu'ils ont peur tout seuls, les dopés de la politique, du pouvoir, ils sont foutus, eux aussi, mais ils préfèrent pas le savoir… Y a pas juste moi qui est foutue, tout le monde a peur, tout le monde est perdu…

Ni Sarah ni moi n'osions interrompre Lady qui semblait être partie pour nous offrir un de ses fameux soliloques. Nous écoutions, sans avoir à chercher de réponses comme dans les conversations normales — ce qui somme toute nous reposait —, nous laissant transporter dans l'imagination éclatée de la fille en rouge.

— Ça nous prendrait chacun une terre, un ruisseau, une mère avec des seins brûlants, pleins de lait… ça nous prendrait du silence et de l'amour fou… faudrait qu'on soit capable de voler, de quitter son corps quand on ne peut plus le supporter… il y a trop de réel entre le monde des morts et celui des vivants… c'est dur et froid comme un mur de béton…

La voix de Lady s'est brisée, est soudain devenue très rauque. Tout en parlant de cette voix étrange, elle s'est mise à frapper le banc de bois avec son poing fermé, très serré.

— On se cogne sur le mur, on se cogne dessus, on se cogne dessus… on devient fou de rage à force de se frapper sur ce mur… on finit par se cogner les uns sur les autres… Je saigne! mon doigt saigne.

Son doigt saignait. Au début, juste un peu. Une grosse écharde fichée au bout de son index avait fait sourdre une grosse bulle d'hémoglobine d'un noir profond et luisant qu'elle a regardée longuement, comme une étrange curiosité. Elle n'avait rien senti, rien, et c'est peut-être ce qui la fascinait. De ses petites dents plutôt blanches mais dentelées comme si elle avait décapsulé des centaines de bouteilles de bière avec, elle a retiré d'un coup sec l'écharde de son doigt, puis a sucé, avec un mélange d'horreur et de délectation, la goutte de sang qui venait d'éclater et de se répandre en une longue traînée poisseuse à l'intérieur de sa main.

J'ai profité du fait qu'elle avait fermé les yeux pour détailler son visage. Son nez ressemblait au mien. Il était, en fait, en tous points comme le mien: long et un peu trop important pour le reste de ses traits timides. Sarah a compris qu'en ce court instant d'immobilité, j'étais à comparer nos nez. Elle se rendait compte, elle aussi, de l'étonnante ressemblance, je le savais, et je savais aussi qu'elle n'oserait pas le dire, qu'elle n'oserait pas me comparer à Lady.

— Vous êtes belles, toutes les deux…

Lady venait de rouvrir les yeux.

— Vous avez des amoureux, vous ?

Lady passait du coq à l'âne et de l'âne à l'ornithorynque en faisant des bonds qu'un kangourou de grande taille lui aurait enviés.

— Vous en avez, vous, des amoureux ?

Elle a répété sa question avec, cette fois, un petit trémolo dans la voix qui rendait toute réponse hasardeuse. On ne savait jamais avec Lady. Si on lui disait que oui, quelqu'un nous aimait, cela pouvait avoir l'effet d'un jet de vinaigre directement lancé sur ses plaies d'écorchée vive ; si on lui disait le contraire, cela risquait de solliciter sa maladive empathie au point de lui donner envie d'aller se jeter pour nous dans les eaux noires et glacées du fleuve. Ma réponse, par son étrangeté, n'a pas semblé irriter ses pauvres nerfs ravagés. Oui, on avait des amoureux qui ne nous attendaient pas, qui ne nous attendaient jamais parce qu'ils n'attendaient jamais rien ni personne. Mais on avait un fiancé surnaturel dont on venait d'apprendre la mort, un fiancé merveilleux qu'on porterait dorénavant dans nos cœurs et qui tenait tout entier dans le sac de Sarah, un homme fort et aimant qui nous aiderait à vivre. Mais il se faisait tard, ou tôt, on ne savait plus très bien, et il fallait rentrer avant que la réalité ne nous rattrape et ne rompe pour de bon le charme de la nuit.

« Vous avez une place où dormir, vous ? Vous avez une place ? Vous avez une place ? » psalmodiait Lady avant que sa silhouette frêle n'aille se confondre au bout de la ruelle avec les sacs-poubelles.

5

Un bikini pour la Bosnie

Depuis qu'il était venu vivre chez moi, mon amoureux vivait à la cave. Il avait le regard sombre, tourné vers l'intérieur. De beaux yeux noirs, mats et sans lumière qui regardaient en lui-même et qui ne semblaient plus trouver grand-chose à voir. Comme s'il avait perdu la faculté de voir en dedans de lui ou qu'une trop grande noirceur l'empêchait d'y percevoir quoi que ce soit. La peur de regarder, peut-être. Je ne sais pas.

Stevo ne venait pas d'ici. Il était étranger. Étranger à tout et à lui-même. Il venait de loin, de très loin. On l'aurait dit brisé comme la montre d'un combattant tombé sur le champ de bataille qui aurait été broyée sous la botte d'un soldat ennemi. Les rouages continuaient à fonctionner, les aiguilles à tourner, mais elles ne donnaient plus l'heure. Les chiffres, encore bien ordonnés autour du cadran ne voulaient plus rien dire pour personne, sauf pour moi peut-être.

Pendant des mois, reclus à la cave, Stevo écrivait des poèmes. Des vers affreux et terribles, parfois incompréhensibles, qu'il recouvrait de gribouillis à l'encre rouge, de dessins de corps empalés sur des pieux, empilés les uns sur les autres, de membres détachés de leur corps, d'yeux pendant au bout de leur nerf. Des seaux remplis d'yeux. Des croix aussi et des oiseaux noirs. Parfois, il me traduisait, dans son français approximatif, les rares poèmes qui

47

avaient échappé à ses graffitis furieux. Je ne pouvais pas lui dire que c'était beau. Ce n'était pas beau. Il avait eu son trop-plein de morts, Stevo, son trop-plein d'horreur et de haine. J'ai souvent pensé qu'il ne s'en remettrait pas. Ses rêves, bombardés d'atroces visions, ont continué longtemps à le priver de sommeil. Traversant ses nuits comme on traverse des champs minés, il se réveillait, au matin, baigné de sueur, pâle et crispé, à la fois surpris et honteux de se trouver encore vivant, alors que d'autres, tant d'autres de ses frères et de ses sœurs dormaient pour toujours allongés, rigides et froids, sous la terre sanglante de Bosnie.

Avoir donné un bras, ses deux jambes ou la moitié de ses tripes à cette guerre vorace aurait rendu le reste de son existence plus supportable, me disait-il parfois. Mais aucune plaie, aucune blessure ne s'était ouverte assez grand pour absorber sa douleur, pour racheter les sentiments de culpabilité et d'impuissance qui le tourmentaient. Aucune cicatrice ne pouvait témoigner de sa souffrance passée. Il avait quitté son pays avant que la guerre n'ait marqué son corps. Il avait fui sur ses deux jambes, son intégrité physique entièrement préservée, et ça, il ne pouvait se le pardonner.

Stevo a mis des mois à revenir d'où il était venu. J'ai pensé qu'il allait mieux le jour où il a cessé d'écrire des poèmes sombres pour déconstruire et rebâtir le monde dans des collages d'une absurdité et d'une drôlerie surprenante. Au début, il prenait le journal du jour, découpait soigneusement les grands titres, puis recollait les mots dans un ordre quasi arbitraire. Plus sa connaissance du français s'est améliorée, plus ses poèmes sont devenus cohérents, d'une grande profondeur et d'une égale beauté. Jamais il ne me les montrait. Il savait que je les lisais en cachette, mais nous n'en parlions pas.

En rentrant du Boucan, ce soir-là, après nos obsèques Romain Gary, j'en ai trouvé deux sur la table de la salle à manger à l'endroit où il s'installait le matin pour prendre son café et tenter de chasser de son esprit embrouillé les démons qui le pourchassaient en dehors du sommeil. On y mangeait rarement ensemble, j'ai pensé en m'asseyant à la place qu'il occupait d'ordinaire. À part notre mal de vivre, nous ne partagions pas grand-chose, mais cette intimité douloureuse et partielle me convenait, me satisfaisait même : Stevo ne me prenait pas plus que ce que je pouvais donner, et je ne lui demandais rien, rien d'autre que de me laisser prendre en charge sa souffrance, sa si belle, si grande, si noble souffrance à côté de laquelle mon vague à l'âme paraissait minable et pathétique. Sa douleur, si réelle, si vraie, me détournait de la mienne, diffuse et à peu près innommable, m'en soulageait, on aurait dit, me donnait le sentiment de me racheter de je ne sais trop quel péché, peut-être celui de vivre sans désirs, sans but véritable, sans raison valable, et cela me suffisait.

J'ai pris le premier poème laissé sur la table. Une question sans réponse possible.

Je ne sais pas, Stevo, je ne sais pas. Tu me poses sans cesse des questions si difficiles. Tout, autour de moi, ne cesse de me poser des questions auxquelles je ne peux répondre.

Puis le second poème, comme un début de réponse, une promesse qu'il se serait faite durant la nuit, un serment qu'il m'offrait de partager.

J'ai jeté
le **noir**
couteau
pour survivre
au grave
silence

fermé
les fissures
du
puit secret

pour ne pas
disparaître
dans la
plénitude
de la
cruauté

Je l'ai lu et relu ce poème, jusqu'à ce que je ne puisse plus voir à travers mes larmes.

* * *

Samedi. Deux heures de l'après-midi. Je sens ma tête sur le point d'exploser. Deux aspirines, un litre d'eau.

Mettre de l'eau à chauffer. Faire du café. Stevo dort encore. J'ai l'impression d'avoir rêvé. La veille, en me dirigeant vers ma chambre, j'ai vu de la lumière filtrer sous la porte de la cave. Au pied de l'escalier, des pages de journaux jonchaient le sol. Sur le lit, des mots découpés : attentat, terreur, arme, monde, pardon, séisme ; des mots graves qui n'avaient pas trouvé de phrases auxquelles se raccrocher. Sur l'oreiller, le tube de colle, les ciseaux. Un frisson glacé m'a parcouru l'échine. Stevo était parti. Il m'avait donné à lire ce poème où il parlait d'espoir, et il était parti. Pas un instant l'idée qu'il ait pu quitter son repaire, qu'il se soit enfin décidé à monter ne m'avait effleurée. Mais contre toute attente, il était monté ; il dormait là dans mon lit, brûlant, extrêmement présent, revenu tout seul et par ses propres moyens. Dans le noir, sa main a fouillé l'espace qui nous séparait, il m'a prise par l'épaule pour me ramener plus près de lui. « Je croyais que tu ne rentrerais plus. » Il a dit cela doucement, normalement, comme un mari aimant parlerait à sa femme. Il s'était inquiété de ne pas me voir rentrer. Il s'était inquiété pour moi. Vraiment. Comme si j'avais rêvé.

L'eau bout. La bouilloire siffle. On sonne à la porte. La petite boule de métal fait la cloche entre mes deux lobes cérébraux, me fait vibrer le nerf oculaire, ça tinte jusque dans mes sourcils. Mon Dieu, ma tête ! Derrière une demi-douzaine de sacs et de boîtes multicolores, le visage encore tuméfié et surmaquillé de ma mère apparaît. Horreur ! Trop tard, elle est déjà entrée.

— J'arrive du centre-ville. Je voulais te montrer mes achats pour la croisière… Oh ! c'est vraiment affreux, cette coupe de cheveux !

Le sifflet de la bouilloire combiné à la voix stridente de ma mère et à ses commentaires désobligeants me donne envie d'en finir avec la vie, là, tout de suite.

— Comment ! T'as pas encore pris ton café ? Tiffanny !!! (Dans la bouche de ma mère, mon nom sonne souvent comme une insulte.) Il est presque trois heures. Comment peux-tu te lever à une heure aussi indécente? (Elle a été élevée chez les franciscaines missionnaires de Marie, ça lui a laissé des séquelles sur le plan du langage.) Qu'est-ce que tu penses de ma nouvelle robe? Entièrement faite à la main par un designer cubain en exil à Miami.

— On s'en serait pas douté!

Au milieu du couloir, mes synapses ont disjoncté, mes sens se sont mis à faire défaut. Je n'étais plus chez moi mais quelque part au Brésil ou à Porto Rico un soir de carnaval, catapultée au beau milieu d'une bruyante parade. Ce n'était plus ma mère qui marchait là, devant, mais un char allégorique immense, multicolore, surmonté d'une centaine de musiciens jouant des airs de salsa avec tambour et cris de cacatoès. Ne plus mélanger bière et cognac, jamais.

Aussitôt assise dans la salle à manger, sur une chaise dont elle s'est empressée de me faire remarquer le caractère bancal, ma mère a écarté les beaux poèmes de Stevo pour épousseter avec une moue dédaigneuse le napperon posé sur la table devant elle. Le bruit fracassant des miettes roulant sur le tissu m'a fait grincer des dents jusqu'à la pulpe.

— Tu devrais te prendre une femme de ménage si t'arrives pas à le faire toi-même, ma chérie.

— Oui, maman! Un chauffeur, un garde du corps et une villa à Santa Barbara…

— Mon Dieu, ce que tu peux être susceptible, toi!

— Ne parle pas si fort, je t'en prie! Stevo n'est pas encore levé!

Comme chaque fois qu'il était question de Stevo, les yeux de ma mère ont fait un tour sur leur orbite, ses faux cils se sont mis à battre comme des ailes de chauves-souris décaties, et j'ai cru entendre tout haut ce qu'elle pensait tout bas. Rien de franchement original ni de vraiment transcendant: «Il est encore ici, celui-là! Mais, ma pauvre fille, qu'est-ce que tu fais avec un type pareil? Ça va te mener où, tout ça?» Et sur l'autre face du disque, c'était sensiblement la même chanson: «Gertrude se demandait s'il était catholique. Il est catholique au moins? Agnostique? C'est comme catholique, non? Agnostique, catholique, c'est pareil, non?... Non?»

Qu'est-ce qu'une femme comme ma mère pouvait comprendre à un garçon comme Stevo? Une fourmi est plus semblable à un éléphant, un dromadaire plus près d'un chrysanthème que ma mère de Stevo. Ils ne sont pas du même monde, pas du même genre, c'est à se demander s'ils sont de la même espèce. Cela m'est apparu avec une évidence frappante lorsque l'auteure de mes jours a entrepris de déballer le contenu de ses sacs et de me décrire, avec force détails, le tailleur, les écharpes, les escarpins, la robe du soir qu'elle porterait au dîner du capitaine...

— Lagerfeld. Tu ne connais pas Lagerfeld? Tout le mooooonde connaît Lagerfeld!

Et puis le maillot. Je me doutais bien qu'on y arriverait. La cicatrice sur son ventre qui l'empêchait de porter des deux-pièces, qui l'avait toujours empêchée de porter des deux-pièces. La cicatrice que je lui avais causée en me présentant anormalement dans ce monde, bien sûr qu'elle allait m'en parler. Elle n'était même venue que pour ça: me rappeler que je n'avais jamais pu faire les choses comme tout le monde. Était-ce de ma faute si ça ne passait pas? Si ses voies n'étaient pas assez naturelles pour que je m'y laisse couler? Peut-être n'avais-je pas du tout envie de sortir de là. Je pressentais sans doute ce qui nous attendait. Notre première rencontre, pas très heureuse, il paraît: toute rouge et fripée, je hurlais; j'étais gloutonne et son lait tarissait dans ses petits seins pas encore siliconés. Tout de suite, elle avait eu peur que je la dévore. Et cette opération dont elle ne se remettait pas, dont elle semblait ne jamais vouloir se remettre. La cicatrice sur son ventre comme un constant reproche. Je ne valais pas un bikini, voilà tout. C'était de ma faute. Tout avait toujours été de ma faute: le massacre des Saints Innocents, la mort du Christ, la Deuxième Guerre mondiale, l'Holocauste même, je me demande si elle ne m'en tenait pas un tout petit peu rigueur.

Elle en était aux petits pots de crème, m'instruisant des effets du gel Lipo modeleur au capteur de glucose nouvelle génération qui promet une peau plus lisse visiblement raffermie et une réduction significative des capitons de la zone critique, quand Stevo est entré dans la cuisine. Rencontre du troisième type.

«Tu es revenu. On va pouvoir se mettre à vivre?» je lui ai dit avec mes yeux encore embrouillés par le manque de sommeil et les vapeurs d'alcool. Il a baissé les siens dans lesquels j'ai pu voir une toute petite lueur qu'on n'y voyait pas avant. On se sentait intimidés tous les deux comme au lendemain d'une longue nuit de noce.

— Tu connais maman?

— Oui, nous avons déjà fait la connaissance! Bonsoir, madame!

Les ailes noires se sont remises à battre dans tous les sens. Nous étions au milieu de l'après-midi et Stevo disait bonsoir; il disait bonsoir à toute heure du jour, Stevo, ce n'était pas une raison pour se mettre dans tous ses états. Je me suis levée pour aller à la cuisine faire du café, du café très fort, laissant ma mère se dépêtrer avec ses chauves-souris. Fouiller l'évier pour trouver trois tasses à peu près semblables et pas trop ébréchées, les laver et les essuyer n'a pas été une mince affaire vu l'état misérable dans lequel je me trouvais, mais, pour éviter d'en entendre parler jusqu'à la Pentecôte, crois-moi, ça valait le coup que je fasse un effort.

— C'est intéressant, votre nouveau travail? demandait maman quand je suis revenue dans la salle à manger avec un plateau de service qu'on n'aurait pas photographié pour *Maison et jardins* mais qui, selon les critères esthétiques de madame ma mère, pouvait paraître convenable. Juste convenable.

— Maman... Stevo lave la vaisselle dans un café. Non,

ce n'est pas intéressant, j'ai répondu en posant devant chacun les tasses plus ou moins assorties.

— Ça va, Tiffanny! Ta mère voulait faire seulement
conversation.

— Je sais qu'elle voulait faire seulement conversation,
j'ai grommelé entre mes dents.

— C'est un beau pays, la Yougoslavie?

Tant de légèreté d'un côté, tant de gravité et de lour-
deur de l'autre m'ont fait craindre un moment que la pièce
ne bascule.

— Je vous sers du café, Steve?

— Stevo. Il s'appelle Stevo, maman.

Le temps qu'a duré la confrontation m'a paru une éternité. Après quelques minutes, les aiguilles de l'horloge
n'arrivaient plus à avancer, les mouches se figeaient en plein
vol, tellement l'atmosphère s'était densifiée. Ne sachant
trop où me mettre, je me levais dans cet air lourd et collant
pour aller chercher du sucre, du lait ou même sans aucune
raison, changeais de place en venant me rasseoir, mais
aucune chaise ne me semblait confortable, on aurait dit
que le bois était incrusté de tessons de verre et de fils
barbelés. À l'image de ma vie en général, je ne savais plus
quelle place tenir, quelle personnalité adopter. Pour Stevo,
la douce compagne: tendre, conciliante, généreuse; pour
ma mère, la petite fille inconvenante: inadéquate, détestable et malvenue. L'embaumeuse ou la danseuse exotique?
Autant de rôles réels pour chacun, impossibles à jouer
tous à la fois.

À ce point de ma pauvre existence, j'ai senti qu'il me
fallait choisir, choisir entre me conformer et perdre à tout
jamais le sentiment d'exister ou me mettre à vivre comme
je l'entendais, quitte à me voir rejetée par ceux qui me
voulaient autrement. Accepter d'être moi, et que ce soit
suffisant, me départir une fois pour toutes de tous ces
autres qui ne correspondaient plus à ce que j'étais, auxquels je n'avais jamais réussi à correspondre. C'était cela

ou déclarer, à l'aube de l'âge adulte, ma faillite personnelle et définitive.

Dès que ma mère a eu passé la porte, nous sommes retournés nous coucher, moi et mes personnalités multiples, en proie à une violente crise de schizophrénie. Bonsoir.

6

La retraite à vingt-cinq ans

Je ne suis jamais retournée travailler au Lambada. Le téléphone a sonné durant trois jours, drelin! drelin! DRELIN! PUTAIN DE MERDE! sans qu'aucun remords ne me force à allonger le bras pour répondre. Imaginer le patron fou de rage, le gros Carlos terrifié par les colères de l'autre imbécile et les filles courant dans tous les sens comme des poules sans tête me remplissait d'une joie tranquille que je savourais en restant couchée dans mon grand lit — qui se creusait dramatiquement en son centre —, ensevelie sous une tonne de draps et de couvertures douillettes. Je me suis même payé le luxe de ne pas aller réclamer mon salaire de la dernière semaine. Mon honneur sauf et ma liberté retrouvée valaient bien ces quelque cent dollars et trois sous que, symboliquement, je lançais au visage de mon négrier. Le plaisir que j'ai eu à me jouer et rejouer la scène de mon affranchissement, les premiers jours, en a bien valu le double à lui seul. «Tiens, ton argent sale! Tiens! Tiens!» Et je lui fourrais des billets partout, dans les poches de son polo à croco, dans ses grandes oreilles en portes de grange, j'en faisais des boulettes, de ses maudites piastres sales, et les lui enfonçais bien profondément dans la gorge avant de lui envoyer dans son gros fessier un coup de pied d'une force, mais d'une force… D'autres fois, pour changer, je m'imaginais, cigare aux lèvres, les pieds posés sur le bureau du patron, faisant exécuter au gros Carlos des danses lascives que je rétribuais maigrement à coup de 2 $ avant de le renvoyer se rhabiller avec une gentille petite claque sur les fesses. «Quand il nous reste de la fierté et un peu d'imagination, on n'a pas tout perdu», je me disais, en m'enfonçant profondément dans mon matelas encore plus fatigué que je ne l'étais moi-même.

En peu de temps, j'ai sombré dans un état semi-végétatif, somme toute assez plaisant, et pris la ferme résolution de rester couchée jusqu'à ce qu'une raison valable — des plaies de lit purulentes ou une attaque atomique — me force à en sortir. Les comptes du dernier mois payés, je pouvais tenir encore plusieurs semaines avant qu'on vienne me couper l'électricité, le gaz et l'accès à l'aqueduc municipal. Quant au téléphone, je n'avais qu'une envie, le ligoter serré avec son propre fil, le foutre au fond d'un placard bien sombre et attendre qu'on me fasse parvenir une demande de rançon. Ce que j'ai fini par faire au bout de quelques jours. Avec les romans de Romain Gary et la soupe aux betteraves que Stevo nous faisait réchauffer le soir en rentrant du café, je m'apprêtais à tenir, tout l'hiver s'il fallait, un siège contre la connerie du monde que ni les coupures de courant ni les refoulements d'égout n'auraient pu m'empêcher de poursuivre.

Après quelques jours d'inactivité, mon esprit s'est calmé. Je ne pensais plus au Lambada, je ne pensais plus à mère partie dans les mers du Sud, je ne pensais plus à rien. Mon sort, déjà, me paraissait moins cruel. Durant cette belle et douce semaine de la fin du mois d'août, notre appartement a vite pris des allures de maison de repos. Stevo, la seule personne de mon entourage en mesure de comprendre qu'on puisse en avoir marre de tout et de tout le monde, respectait la trêve que j'entendais m'offrir. Le matin, avant de partir pour son nouveau travail, il m'apportait une grande théière, des toasts et de la confiture de prunes, s'assoyait au pied du lit et restait là, gentiment, à me regarder manger. Il aimait beaucoup me regarder,

Stevo, avec son regard étrange, pudique et secret. Chaque fois, il attendait que j'aie tout bu et tout mangé, parce qu'il savait que je ne mangerais rien d'autre avant qu'il ne revienne le soir avec la soupe de betteraves dérobée dans les frigidaires du café. Après m'avoir embrassée candidement sur le front, il retournait porter le plateau à la cuisine et sortait en catimini par la porte qui donnait sur la ruelle. À part notre voisin du dessus, le gros Rudolf, un ancien militant marxiste-léniniste recyclé dans la fripe et la brocante chez qui Stevo montait parfois griller des cigarettes brunes et parler de sa guerre, le reste du voisinage ignorait que j'hébergeais un immigrant illégal.

It's no fun, being an illegal alien! Pour faire rire Stevo, je faisais parfois tourner cette chanson qui lui décrochait un sourire, un très maigre sourire, douloureux, asymétrique : un coin de la bouche qui se relève avec peine, tandis que l'autre refuse carrément de se laisser entraîner. C'est comme ça qu'il souriait, Stevo, à l'époque. Et quand il oubliait, pour quelques instants, que le bonheur lui était interdit, il lui arrivait de laisser échapper un rire triste et dissonant comme la musique d'un violon tzigane, un petit rire qu'il réprimait toujours très vite : l'archet et le violon devaient rester dans l'étui ; la musique, la joie, l'insouciance, c'était avant. Maintenant, il n'y avait vraiment plus de quoi rire et on devait se le tenir pour dit.

À cette époque de notre vie commune, son quasi-retour à la vie m'a amenée quelque temps à penser que les choses s'arrangeraient, qu'on parviendrait à vivre ensemble des moments de bonheur, de légèreté, quelques échappées en dehors du temps. J'imaginais qu'on finirait, comme la plupart des couples, par avoir nos petits rituels, nos codes secrets, nos jeux stupides, qu'on s'inventerait des surnoms affectueux, qu'on se donnerait du lapinou, du mon chaton, ma louloute et autres sobriquets animaliers d'imbéciles heureux, qu'en présence des autres on rirait de sous-entendus et de petites blagues fines que nous seuls serions à même de comprendre : un seul regard, un sourire entendu suffirait pour se dire ce que des étrangers doivent s'expliquer avec infiniment de mots. Percevoir les choses de la même manière, voir le monde comme avec une seule paire d'yeux, se sentir à la fois dans son corps et dans celui de l'autre, ce genre de conneries, quoi. J'y croyais. Cette complicité mièvre qui m'avait toujours profondément agacée, écœurée même, chez les couples amoureux, chez ceux qui affrontent le monde à deux plutôt que seuls, cette supériorité, cette force que confère le nombre, tout ça, j'en avais envie maintenant, pour moi et pour Stevo, pour le couple étrangement assorti que nous formions alors. Mais, rapidement, j'ai compris que Stevo ne serait jamais entièrement avec moi, qu'une partie de lui, son cœur, son esprit, sa mémoire — je ne sais comment nommer cette part qui peut s'exiler en nous et continuer à vivre en marge —, que cette zone de son territoire intérieur demeurerait assiégée et me serait à tout jamais interdite.

Nous vivions ensemble depuis plus d'un an déjà, et je ne connaissais en fait que très peu de choses de lui. Je savais que sa mère et sa sœur se trouvaient encore en Bosnie, qu'ils vivaient depuis la destruction de leur immeuble avec la famille de son oncle, entassés dans une petite maison à l'extérieur de la ville, une maison sans électricité, sans eau courante. Je savais que son père parti un matin pour aller chercher une pièce de moteur au village voisin n'était jamais revenu. Je savais cela. Mais de grands pans de son histoire me restaient encore inconnus. Il ne disait pas tout, gardait pour lui l'essentiel, comme cette lettre ramenée par un compatriote quelques mois avant la fin de la guerre, quatre feuillets d'une écriture serrée, de petites pages noircies d'un coin à l'autre, l'espace blanc utilisé au maximum comme s'il ne restait plus sur Terre que ce seul bout de papier, et cette dernière page sur laquelle je l'ai vu fondre en larmes, puis devenir dément, fou de douleur et de rage, possédé par une haine pure, immense, absolue, effrayante qui m'a terrifiée. Ce soir-là, il a tout cassé dans la cave, a déchiré ses dessins, ses poèmes en hurlant dans sa langue des choses incompréhensibles. Cette fois, j'ai senti que je n'existais plus. Les objets volaient autour de moi, me passaient à travers le corps. J'avais disparu.

Je n'ai pas su ce que contenait cette lettre. Il ne m'a pas expliqué. Sans doute pensait-il encore que je n'aurais pas compris. Pourtant, la souffrance, le deuil, la mort ne m'étaient pas tout à fait étrangers. Mais pour Stevo, vois-tu, toutes les morts ne pouvaient se valoir. Les siens, ses morts, occupaient la première place dans la hiérarchie du haut-le-cœur, du sordide, du révoltant. Ils expiraient le ventre ouvert sur le ciel, leurs tripes offertes en pâture aux chiens et aux oiseaux de proie, on les trouvait aux bords des routes le crâne fendu, déchiquetés sur une mine ou pendus à un arbre avec leurs couilles au fond des poches, ses morts plus morts que n'importe lequel des nôtres, des miens. On ne mourait pas bêtement dans son lit, là-bas dans son pays. La vie ne vous quittait pas doucement après une longue et éclairante agonie, elle ne perdait pas son temps à vous gruger la prostate ou le côlon, la mort que connaissait Stevo. Non. Elle vous donnait parfois un aperçu de ce qui vous attendait en pratiquant une démonstration sur un de vos semblables, mais, générale-ment, elle surgissait devant vous sans prévenir, vous fixait droit dans les yeux en vous glaçant d'effroi, puis vous prenait sur place, debout, se ruait sur vous pour vous broyer, vous ouvrir, vous hacher, vous exploser, selon la méthode choisie.

Mes morts ne faisaient pas le poids à côté des siens, voilà tout, et notre amour ne vaudrait jamais celui de ses chers amoureux du pont de Vrbana : vingt-quatre heures enlacés sous le soleil à se décomposer ensemble au milieu de la ligne de tir sans personne pour venir les arracher l'un à l'autre. Roméo et Juliette pouvaient aller se rhabiller : on ne pouvait plus rien opposer à ces amours extrêmes, à ces morts extrêmes, à ces souvenirs extrêmes. C'est à peine si on avait le droit d'essayer de comprendre.

Durant les derniers jours de ma courte retraite, Rudolf,

notre voisin du dessus, a pris l'habitude de descendre bavarder avec Stevo. Il venait de plus en plus souvent à la maison et restait de plus en plus tard le soir. Stevo semblait trouver en lui un interlocuteur plus sérieux, plus valable que moi. J'en ai ressenti une très grande jalousie tempérée uniquement par le fait que Stevo ne semblait pas s'ouvrir davantage à Rudolf de ce qu'il ressentait qu'il ne le faisait avec moi. J'en suis venue à croire qu'il ne ressentait plus rien. Leur discours, à tous deux, demeurait toujours très factuel, théorique, cérébral, rasoir.

— Tu vois, Rudolf, tant qu'ils vont pas avoir réunir tous les Serbes dans un même État, ils vont pas arrêter faire la guerre. Ils veulent Grande-Serbie... Sarajevo pour les Serbes, c'est très... comment je peux dire... important. C'est comme Jérusalem pour les Juifs.

— C'est ce que je disais! Tito, lui, percevait les idéologies nationalistes comme des créations du capitalisme. C'est le marxisme qui vous a protégés de la folie serbe.

— J'vous laisse, les gars, j'vais me coucher.

— Mais le problème, c'est que... après que la Yougoslavie, c'était fini, c'est les Serbes qui ont pris le contrôle de l'armée, les armes, tout ça. Qu'est-ce qu'on peut faire, comment on peut se défendre si vous refusez de nous donner armes à nous? C'est comme si vous être complices des Serbes. Il fallait aider.

— Bonne nuit! j'vais me coucher.

À ma seconde tentative, j'ai compris que j'étais à nouveau devenue transparente.

— Il faut comprendre, Stevo, que la communauté internationale ne peut pas s'ingérer comme ça dans les affaires d'un État indépendant.

— Je comprends pas « s'ingérer ». Mais je comprends que nos vies pas être assez importantes pour le reste du monde. Pourquoi les Américains riposter aussitôt quand l'Irak envahir le Koweït?

— À cause des intérêts économiques! Le capital, toujours le capital.

D'ailleurs, c'est en partie la guerre du Golfe qui a contribué à éclipser le début du conflit chez vous.

— Je comprends pas « éclipser ».

— Éclipser, ça veut dire : prendre toute la place pour empêcher autre chose de paraître, j'ai pratiquement hurlé. Ça veut dire : cacher, rendre invisible. Et s'éclipser, ça veut dire : disparaître, s'en aller comme je vais le faire à l'instant. Bonne nuit !

Me sentant triste et délaissée, je suis allée me mettre au lit avec Romain Gary, mon consolateur, mon refuge, mon abri. Entre nous, l'entente demeurait parfaite, les espoirs comblés, les promesses toujours tenues. Je soulevais la couverture, me glissais près de lui, blanche, crédule, innocente, prête à tous les émerveillements, et aussitôt l'excitation m'emportait, loin, dans un monde qui ne ressemblait pas au mien, un monde plus dense, plus réel, plus vrai encore que celui dans lequel je traînais ma fatigue chronique et mon mortel ennui. Dans les livres, je devenais pur esprit. Mon cœur s'apaisait, mon corps ne me pesait plus. Mes mains tournaient les pages sans même que j'aie à les commander. Seul mon nez me ramenait parfois à la réalité...

Le vieil exemplaire d'*Éducation européenne* que je venais d'ouvrir exhalait une odeur apaisante de moisi. De ses pages jaunies montaient des senteurs mêlées de cave humide, de tabac, de chocolat et de soufre. Le nez enfoncé dans le pli des pages jusqu'à la tranche, j'ai respiré profondément. Rien que l'odeur déjà me grisait. Je commençais à oublier.

* * *

Plus tard dans la nuit, j'ai entendu les voix ténues de Stevo et de Rudolf filtrer à travers la porte de ma chambre. Stevo riait d'un rire léger en cascade. Il riait comme jamais je ne l'avais entendu rire. En me levant pour aller voir ce qui les faisait tant se marrer tous les deux, j'ai senti une masse chaude et visqueuse descendre à l'intérieur de ma cuisse, couler doucement, puis prendre de l'ampleur et se gonfler. Je n'ai pas compris sur le moment que cette chose organique venait de sortir de mon corps, faisait partie de moi. Je n'ai pas compris avant de m'être penchée sur elle, de l'avoir prise dans mes mains et d'avoir ressenti dans le bas de mon ventre une chaleur diffuse, puis un drôle de chatouillis.

Dans un geste de panique, j'ai entrepris de faire rentrer à l'intérieur de moi cette étrange excroissance. Alors que je poussais sur cet amas gluant, un de mes ongles s'est enfoncé dans la chair et m'a fait mal au point que je n'ai pu retenir un petit cri. Je me suis rassise au bord du lit pour examiner avec plus d'attention les muqueuses roses et suintantes qui reposaient entre les draps blancs. En détaillant le tout à la lumière glauque de ma lampe de chevet, j'ai compris qu'il s'agissait de mon vagin, mon vagin retourné comme un gant avec son col au bout qui lui faisait comme un semblant de gland. Au même moment, les voix des garçons se sont amplifiées, leurs rires m'ont paru soudain railleurs et cyniques. Je ne voulais pas qu'ils me voient comme ça. En m'aidant de mes deux mains, j'ai tenté de faire pénétrer à nouveau la chose à l'intérieur de moi. Après l'avoir remise en place, je me suis levée en serrant très fort mes cuisses l'une contre l'autre, puis j'ai avancé à tout petits pas jusqu'à l'embrasure de la porte.

Du couloir, je pouvais apercevoir Stevo et Rudolf, debout devant la cuisinière, préparer ensemble le café en se gratifiant mutuellement de grandes claques viriles dans le dos, puis je les ai vus se prendre affectueusement par le cou en ricanant. J'ai voulu les appeler, leur faire signe, mais alors que j'avançais vers eux, les muscles de mon vagin se sont relâchés et tout est ressorti à nouveau. J'ai essayé une troisième, puis une quatrième fois de faire se retourner la cavité, mais chaque nouvelle tentative devenait plus laborieuse que la précédente: la voie, on aurait dit, rapetissait, rapetissait... Elle a continué à se fermer comme ça, jusqu'à ce qu'il ne reste plus qu'une minuscule fente dans laquelle plus rien ne pouvait plus pénétrer. Je me retrouvais là, penaude, au milieu du couloir avec ce truc immonde qui maintenant se dressait devant moi, dur et luisant. Je me faisais horreur. J'aurais voulu crier, mais aucun son ne sortait de ma bouche...

Tandis que je me débattais dans les draps mouillés de sueur, mon livre est tombé à côté du lit. Ça m'a réveillée. Quel rêve étrange! j'ai pensé. Quel rêve étrange? Presque aussi bizarre que ce rêve récurrent qu'il m'arrivait jusque-là de faire, celui où, tenant un de mes seins dans le creux de mon bras comme un bébé naissant, je lui donnais à boire avec un biberon plein de petit lait bleu clair.

Assurément, quelque chose en moi était en train de changer.

7

À bout de souffle

— Belmondo est allongé dans la rue avec une balle dans le ventre. Il s'appelle Michel dans le film. C'est à ce moment-là qu'elle arrive. Elle écarte les policiers pour s'approcher de Michel — qui est son amoureux dans le film — et là, juste avant de rendre son dernier souffle, il se ferme lui-même les yeux, comme ça avec sa main, et il dit : « T'es vraiment dégueulasse. » Mais comme elle est Américaine, et qu'elle est un peu innocente comme fille, elle ne comprend jamais tout à fait ce qu'il dit. Alors, elle nous regarde droit dans les yeux et elle demande : « Qu'est-ce que c'est, dégueulasse ? »

— Et ça finit comme ça ?

— Oui, ça finit comme ça. C'est génial, non ?

— Faut sans doute avoir vu le début…

— Allume le magnéto. J'ai amené la cassette.

Sarah venait de décider que ma retraite avait assez duré, qu'on regarderait *À bout de souffle*, qu'elle me teindrait les cheveux en blond comme Jean Seberg, que le lundi suivant je commencerais à travailler à la cantine avec elle parce que ce n'était pas normal de se laisser aller comme ça et qu'il fallait se secouer. De quoi j'aurais l'air à soixante-dix ans si je commençais déjà à vivre comme une petite vieille, hein ? De quoi j'aurais l'air ?

Si on me laisse vivre un peu, j'aurai l'air d'une petite vieille qui se venge d'une jeunesse trop docile. Voilà de quoi j'aurai

l'air. Je dépenserai mes chèques de pension en jouets et en bon-
bons, je mangerai des Fruit Loops et me soûlerai au Géritol.
J'apprendrai le banjo, je composerai des chansons grivoises et
j'irai draguer les p'tits vieux dans les hospices. Je vous ferai une
mégacrise de délinquance sénile. Je jouerai des tours au télé-
phone, je mettrai des grenouilles dans les boîtes aux lettres et des
bombes puantes dans les autobus, tiens! Mais en attendant...

— Combien ça paye, ton truc? j'ai demandé.

— Ça paye pas des masses. Y faut se lever tôt... mais j'ai un plan super-motivant dont je voulais te parler. J'ai pensé à tout.

C'était vraiment déjà tout pensé. Dès le premier du mois, elle viendrait s'installer chez moi. Son proprio acceptait de résilier son bail. «Génial, non?» Rudolf s'occuperait de fourguer ses électroménagers, Fred et un copain déménageraient ses quelques bricoles qui tiendraient facilement dans ma petite pièce du devant, «la petite pièce qui ne te sert à rien de toute façon». Comme ça, ce serait plus facile pour se lever aux aurores, plus facile aussi pour coordonner nos activités, partir ensemble travailler et tout et tout, disait-elle. Sans compter qu'on pouvait stationner la camionnette de la cantine dans l'allée et que le pont se trouvait juste à côté. De cette façon, on économiserait sur le loyer pour se payer notre voyage en Europe, notre pèlerinage Romain Gary. Elle n'y voyait que des avantages, aucun inconvénient.

«Si vous n'aimez pas la mer, si vous n'aimez pas la montagne, si vous n'aimez pas la ville... allez vous faire foutre!» gouaillait alors Belmondo, qui s'appelait Michel dans le film, et qui ne nous l'envoyait pas dire. Sur le coup, j'ai pris l'insulte de manière un peu personnelle, ça m'a sciée, je n'ai rien trouvé à répliquer. Comme une vache dans un pré à l'approche du mauvais temps, je me suis affalée sur le divan pour mieux ruminer... *Quand on n'aime rien, la vie perd vite plaisir à nous faire des cadeaux, on avait compris ça, le* smatte, *merci!... mais l'envie, le désir, le goût de se battre, le goût d'aimer, est-ce qu'il va nous dire, lui qui semble si au-dessus de ses affaires, est-ce qu'il va nous dire où ça peut encore se trouver? Quand tous les idéaux se sont cassé la gueule, quand il ne reste rien à rêver... À plus de trente ans de distance, c'est facile de nous envoyer se faire foutre avec un petit sourire en coin...*

J'ai continué à cogiter pendant que Belmondo, super-désinvolte, abattait son flic, dépouillait deux, trois touristes et séduisait Jean Seberg sur les Champs-Élysées avec son air de faux affranchi, sa dégaine d'Humphrey Bogart raté... Il commençait à franchement m'énerver. Je pouvais déjà plus le piffer... Et Seberg, la femme de Romain, avec son petit nez retroussé!... J'étais pas jalouse ni rien, j'suis pas exclusive à ce point, mais cette façon nouvelle vague de se la jouer super-relax: on marche sur le lit, on lance nos cigarettes allumées par la fenêtre, on se demande pendant une heure où on va coller son affiche de Renoir, puis on se fait des grimaces dans le miroir... On n'a rien à foutre de rien, on est le centre du monde et ce monde n'attend que nous pour exister, on a la vie devant nous et du temps à perdre comme c'est pas permis... On joue à «Je compte jusqu'à huit et si tu ne m'as pas souri, je t'étrangle», à «Je te tiens, tu me tiens par la barbichette», et on se regarde vivre dans une totale et excessive liberté en se trouvant super-épatants. *Nous, on a pris un bouillon dans le creux de votre foutue vague, un bouillon noir et vaseux, et on ne trouve plus le moyen de se remonter...* J'ai décroché.

Tandis que Seberg se lavait les pieds dans le bidet et que l'autre finissait de faire ses ablutions dans la minuscule salle de bain de la toute petite chambre de bonne, j'ai tenté d'aborder avec Sarah la question de l'intimité advenant le cas où elle viendrait vivre chez moi.

— L'appartement est grand... et de toute façon, pour ce qui se passe entre vous sur ce plan...

Elle n'avait pas tort: pour ce qui se passait entre nous sur ce plan... Je commençais à regretter de m'être confiée à Sarah, de lui avoir raconté ce qui se passait entre Stevo et moi... sur ce plan.

— T'as lu *Passé cette limite votre ticket n'est plus valable* ?

— Ça n'a rien à voir. Stevo n'est pas impuissant. Et j'ai pas envie d'en parler.

— Comme tu voudras, Tiff, mais, dans les couples hétéros, il n'y a qu'une seule queue pour les deux. Si le gars décide de la garder pour lui et de se branler tout seul dans son coin...

— Il se branle pas tout seul dans son coin.

— Peut-être pas, mais... un mec qui t'honore de ses faveurs trois fois au plus dans l'année et qui pleure comme un veau après t'avoir baisée, c'est pas tout à fait normal, si tu veux mon avis.

— Je veux pas ton avis... et j'ai pas envie d'en parler.

— Comme tu voudras.

On est restées comme ça, un iceberg entre elle et moi, jusqu'à la fin du film qui n'en finissait plus de s'étirer en frivolité. Et je ne me suis pas gênée pour bâiller, pour lui montrer tout l'ennui que j'ai, que j'ai, comme disait le poète aux espoirs gelés, pour qu'elle comprenne, une fois pour toutes, qu'on n'était pas forcées de tout partager.

* * *

Stevo me trouva « mignounne » avec ma nouvelle tête blonde. En descendant nous rejoindre dans la cave, Sarah, moqueuse, se passait le pouce sur les lèvres comme Jean Seberg dans sa scène finale en répétant avec un faux accent américain : « Qu'est-ce que c'est, mignounne ? » Trop ésotérique pour les non-initiés. Les gars n'ont pas pigé la petite blague nouvelle vague. On a ri seules, toutes les deux. Ça nous a déridées et à nouveau rapprochées.

Je suis restée d'humeur joyeuse pendant que Sarah apprenait à Stevo à dire « mignonne » et « *blondes have more fun* » pour aussitôt déchanter en voyant Rudolf descendre en traînant avec peine, dans les marches derrière lui, deux énormes sacs de patates.

— Tu m'avais pas dit qu'il fallait couper les frites nous-mêmes !

— On sert pas de frites à la cantine! C'est pas pour moi, ces patates-là! s'est défendue Sarah.

— Laisse-nous expliquer à toi...

Ils ont expliqué à nous: Rudolf venait de mettre la main sur un petit nécessaire à distillation, racheté pour pas cher, une véritable aubaine. Avec Stevo, qui connaissait la technique, ils s'étaient mis en tête de fabriquer de l'alcool de patate. Rudolf fournissait le matériel, Stevo l'expertise, moi la cave (c'était le cas de le dire) et on ferait *fifty-fifty*. En déballant les accessoires, Rudolf nous a décrit, dans un vocabulaire encore plus alambiqué qu'à l'accoutumée, le condenseur, la cucurbite, le manomètre et les serpentins qui promettaient de produire, au bas mot, vingt litres par semaine d'un tord-boyaux dont on lui dirait des nouvelles.

Pas plus intéressées qu'il ne fallait, on est montées, Sarah et moi, pour essayer de trouver quelque chose à cuisiner. Vers les sept heures, quand ils ont eu fini de tout installer, les gars nous ont fait redescendre pour qu'on inaugure officiellement et dans les règles de l'art leur barbotte clandestine en balançant une bouteille de Smirnoff miniature sur le flanc d'un jerrycan. Pour clore la drôle de cérémonie, Stevo, de son air triste et naturellement solennel, est allé pendre au-dessus de la machine à bistouille le malheureux poème qui avait inspiré le projet.

Le
jeune poète
Mort au bar aurait souhaité
d'un ras-le-bol agrandir
nocturne le fond
du baril

Ça promettait!

* * *

On aurait mangé des pâtes aux pâtes pour souper si Sarah — qui tenait à me démontrer les avantages de la mise en commun des ressources — n'avait fourni la crème, les œufs et le jambon pour nous faire un carbonara cent pour cent cholestérol. *Free fat for all.* Son beau Fred, partant pour venir nous retrouver, allait enfin goûter à ses *pasta* qu'elle avait juré au téléphone de faire aussi bien que sa « mammma », une Sicilienne pure laine avec de l'huile d'olive qui lui coule dans les veines. Ça lui faisait gros à prouver dans une même soirée. On la sentait fébrile. Rudolf, comme tu peux t'en douter, ne s'est pas fait prier trop longtemps pour rester. « Quand y en a pour deux, y en a pour dix ! », il disait, en bon communiste qu'il était. Comme on était cinq à table, on aurait eu droit, suivant ce beau principe, à chacun deux assiettées, mais, vu que les principes, ça se dément aussi vite que les proverbes, il a fallu se contenter d'une portion de nouilles plutôt modeste, procéder à la multiplication des pains en faisant des tranches archiminces et tirer au sort l'unique morceau de parmesan. On était loin d'être riches, mais tout près d'être contents !

Après avoir raclé le fond de nos assiettes creuses comme si on n'avait plus l'eau courante, on a retrinqué : une fois à la santé de Sarah qui nous avait permis de faire un repas protéiné, et une autre à la santé de Fred pour nous avoir ramené justement de quoi trinquer. On se sentait remplis d'une joie simple et primaire, l'âme ranimée par la chaleur humaine et les hydrates de carbone.

Tandis que je rassemblais mon courage pour annoncer qu'on n'avait rien pour dessert, Sarah s'est penchée sur l'assiette de Fred. Avec une voix minaude dans laquelle perçait une légère pointe d'anxiété, elle lui a demandé : « Pis, il était comment mon carbonara ? » En attendant l'énoncé du verdict, son pied, sous la table près du mien, émettait une vibration qui trahissait son trouble : ses orteils, on aurait dit, pianotaient d'impatience à l'intérieur de ses chaussures.

Comme un grand seigneur en tournée d'inspection sur ses terres, Fred a largement pris son temps avant de rendre son jugement. Il savait faire languir Sarah, la mettre dans tous ses états. Il possédait pour ça un don qui serait, paraît-il, une spécialité italienne mondialement réputée.

— Ton carbonara ? Il est, je dirais…

Le bel Italien s'est doucement passé la langue sur les dents comme s'il cherchait un mot égaré quelque part dans sa bouche, s'est soigneusement essuyé les commissures avec un coin de sa serviette, s'est calé sur le dossier de sa chaise — celle, bancale, qui menaçait à tout moment de s'écraser —, s'est étiré un peu, a pris une gorgée de vin qu'il a fait passer lentement d'une joue à l'autre. Après un temps infini, il a fini par avaler la foutue gorgée et dit, lentement, en faisant un geste digne de Don Corleone dans *Le Parrain* : « Il est bon… il est bon… mais… » Sarah s'est alors penchée un peu plus vers lui, et j'ai vu sa main se perdre sous la nappe quelque part entre les deux pattes de la table. Au risque d'avoir l'air de médire, je jurerais qu'au moment de répéter sa question, elle tenait l'avenir de son beau Sicilien dans le creux de sa main.

— Il est comment déjà, mon carbonara ?

Cette fois, son ton paraissait plus ferme, plus assuré.

— Il est bon… mais…

Réputé pour aimer jouer dangereusement, Fred a décidé de miser son va-tout, on aurait dit, quitte à y laisser ses bijoux de famille.

— Il est bon, mais pas comme celui de ma mammmma !

Il a lâché avec une emphase toute méditerranéenne.

C'est là que Sarah a serré. Très fort, je crois. Fred a hurlé, est devenu blême, puis cramoisi. Il haletait, semblait manquer d'air. À leur tour, Stevo et Rudolf se sont mis à se tordre sur leur chaise. Par un phénomène remarquable et à ce jour inexpliqué sur lequel je ne cesse personnellement de m'étonner, la douleur de Fred, blessé dans ses parties intimes, venait de se propager, selon le principe des vases communicants, dans les bourses des autres mâles présents. Pour faire cesser le supplice collectif, j'ai versé un peu d'eau dans le verre de Fred, mais à ce point, on ne savait plus si on devait la lui donner à boire ou la jeter sur sa braguette. La question a été rapidement réglée quand il a lui-même renversé le contenu du verre en quittant la table en trombe pour tenter d'attraper Sarah qui s'enfuyait vers le salon en glapissant comme une lapine en rut. Son couteau à beurre brandi dans les airs, théâtral comme toujours, il criait: «Je vais te touer! Je vais te touer!», et elle riait d'un petit rire excité en culbutant par-dessus les meubles de style miteux hérités de ma grand-mère maternelle.

«Pour ce qui se passe entre vous sur ce plan...» Je repensais à ce que m'avait dit Sarah plus tôt tandis que, chevauchée par un Fred déchaînée qui la maintenait au sol en la tenant par les poignets, elle faisait semblant de se débattre pour empêcher qu'il ne lui mordille le cou. À les voir batifoler comme ça, sans pudeur, sur la moquette du salon, on se doutait qu'entre eux il devait se passer passablement de choses «sur ce plan». Chose certaine, ils aimaient se donner en spectacle tous les deux; la vue du public les stimulait, on aurait dit.

Son énergie décuplée par la force que lui donnaient nos regards, Sarah, de ses puissantes jambes de serveuse, a tout à coup fait basculer Fred qui s'est aidé un peu pour rouler sur le côté en mimant un air de vaincu qui ne trompait personne. Triomphante, elle s'est assise à califourchon sur le torse velu du Sicilien; sa jupe relevée laissait paraître ses belles cuisses blanches et dodues. De là où Fred se trouvait, la vue devait être imprenable, surtout que Sarah, je le savais, ne portait jamais de petite culotte.

Troublée par le spectacle de leur chamaillerie sensuelle, j'ai détourné la tête et croisé le regard de Stevo. Il m'a souri, avec son sourire hermétique et ambigu. Il ne devinait pas ce à quoi je pensais, et je ne comprenais pas ce que son

74

sourire voulait dire. C'était peine perdue : nos ondes télépathiques restaient brouillées, nos regards parlaient toujours des langues étrangères. De l'autre côté de la table, Rudolf, visiblement ennuyé par les ébats du Rital et de la cantinière, croquait des carrés de sucre en faisant tinter sa petite cuillère dans sa tasse vide. La joie, quoi ! Je me suis levée pour aller faire du café, ce qui semblait vouloir devenir mon moyen de diversion préféré.

Attirés par l'odeur du colombien — celle de l'énorme joint que Rudolf venait d'allumer —, Fred et Sarah sont finalement venus se rasseoir à table, les joues en feu, les cheveux en bataille, le souffle court. Tandis que je leur servais le café, j'ai remarqué la fièvre sous leurs paupières lourdes et senti qu'ils devaient prendre très fortement sur eux pour ne pas aller finir ça dans la chambre à côté. En voyant ma belle amie, transfigurée par le désir, se blottir dans le creux de l'épaule de son nouvel amoureux comme s'il pouvait la protéger de quoi que ce soit, je me suis demandé comment tout ça allait finir. Ce genre d'émoi, de passion intense, ça pouvait durer, quoi, deux, trois mois ? À la vitesse où ils se consommaient mutuellement, sans doute mettraient-ils encore moins de temps à se rassasier l'un de l'autre.

— Dis que tu m'aimes plus que ta mammma ! Dis-le !

— Je t'aime plus que ma mammma. Voilà, c'est dit.

— Juré ?

— Je le jure ! a fait Fred, les doigts croisés derrière le dos de Sarah.

— Il a juré les doigts croisés ! l'a dénoncé Rudolf, aussi imperturbable et rabat-joie qu'à l'accoutumée. Il faut pas lui demander l'impossible, à c'te pauvre Rital, il a ajouté en passant une langue experte sur la couture de son joint, il est issu d'une société ultramatriarcale…

—Ultramatriarcale, mes fesses ! a répliqué Sarah. Y a pas plus macho que Fred Tambuzzo ! Quoique… ça joue les Tarzan, mais au premier p'tit chagrin, ça va pleurnicher dans le tablier de sa mammma…

— Faut pas sous-estimer la difficulté de se soustraire à l'affection d'une mère aimante, a repris Rudolf qui laissait le joint se consumer entre ses doigts jaunis tandis qu'il cherchait dans son répertoire mental une citation savante pour étayer son argumentation. Comme disait Freud...

«CHOUOUOUOU!» on a hué de concert, Sarah et moi, pressentant que notre intellectuel de service allait à nouveau se lancer dans un de ses interminables exposés.

— *Come on !* Tu vas pas encore nous bassiner avec les théories fumeuses de ce vieux bouc. Et pis tu nous le passes, le joint, oui ou merde ?

Rudolf a fait tourner le joint en commençant par Stevo qui se trouvait, dans le cercle, à l'extrême opposé de Sarah : avec un peu de chance, la mesquine manœuvre allait tout juste permettre à ma copine de fumer le filtre quand le pétard arriverait à elle. Calme et content de lui, Rudolf a poursuivi pour notre édification :

— Néanmoins, Freud a raison quand il dit qu'à l'adolescence, nous les gars, on doit pratiquement se transexuer, nier la partie féminine en nous, quitter un univers dans lequel on se sent pourtant parfaitement à l'aise...

— Tu parles qu'il se sentait à l'aise le fils Tambuzzo avec quatre sœurs pour lui laver le dos...

— Mais quand on arrive à renoncer à tout ça, a continué Rudolf en regardant Sarah d'un œil morne, quand on arrive à couper le lien pour vivre en homme, on finit par avoir peur de toutes les harpies dans ton genre qui essaient de nous mettre le grappin dessus.

— Harpie tant que tu voudras, elles valent jamais un pet de mouche, tes théories foireuses !

Le ton montait. Sarah tirait sur sa cigarette de façon exagérée en faisant tourner entre ses doigts son briquet du Flamant rose.

— C'est ce qui expliquerait que vous soyez toujours aussi fuyants, aussi insaisissables, vous les hommes, j'ai dit d'une voix posée pour tenter de modérer le débat.

— C'est surtout ce qui expliquerait qu'on a jamais vu Rudolf avec une fille, oui!

Le coup de Sarah, porté trop bas, n'a pas semblé atteindre sa cible.

— On ne m'a jamais vu avec une fille parce que je suis, de longue date, un adamite convaincu.

— Qu'est-ce que ça mange en hiver, un nadamite convaincu? a demandé Sarah, presque intriguée.

— Les adamites, ou adamiens, a expliqué Rudolf sur un ton d'académicien centenaire, sont des hérétiques nudistes du IIe siècle farouchement opposés au mariage...

— Eh ben, de nos jours, c'est moins compliqué, on les appelle tout simplement «pédés», tes hérétiques nudistes!

De toute évidence, sa récente poussée libidinale avait laissé Sarah excitée, insatisfaite et particulièrement agressive. Quand le joint est finalement arrivé jusqu'à moi, j'ai gracieusement passé ce premier tour pour lui en faire profiter.

— Sarah, arrête! T'exagères. Tiens, fume, ça va te faire du bien!

— Quoi? J'ai rien contre les pédés, moi. Mon père est pédé, j'ai un travelo espagnol comme belle-mère, et je m'en fous complètement de qui baise qui et par quel orifice.

— Tu rabaisses le débat à des considérations bien triviales, ma chère Sarah.

— Ce que Rudolf essaie d'expliquer, j'ai intercédé pour lui, dans un élan de solidarité qui m'a moi-même étonnée, ce n'est pas très éloigné de ce que disait Romain, tu sais, quand il écrit: «Avec l'amour maternel, la vie vous fait à l'aube une promesse qu'elle ne tient jamais...»

Et Sarah d'enchaîner à travers la fumée bleue: «Après cela, chaque fois qu'une femme vous prend dans ses bras et vous serre sur son cœur, ce ne sont plus que des condoléances.»

— Ben voilà! On a compris! Si c'est moi qui le dis, c'est archicon, mais si c'est Romain Gary, ça frôle le génie...

— Romain, c'est un homme, lui, un vrai. C'est pas un dadamite!

L'herbe tardant à produire ses effets bienfaiteurs, Sarah continuait de libérer le gros de ses pulsions agressives sur Rudolf.

— Et qu'est-ce qu'il a, lui, qu'on a pas? s'est soudain inquiété Fred, resté silencieux depuis le début des hostilités.

— Qu'est-ce qu'il a que vous n'avez pas? Ah çà! mon amour, ce serait vraiment trop ingrat d'avoir à vous l'expliquer.

Sarah venait d'ouvrir une porte dans laquelle Rudolf-je-sais-tout, tel un vendeur d'encyclopédies chevronné, s'est aussitôt empressé de mettre le pied.

— Ce n'est pas ingrat du tout et je peux très facilement te l'expliquer. Tu vois, Fred, leur Romain Gary chéri, celui-là qu'elles admirent tant, qu'elles placent au-dessus du commun des mortels, il a tellement tout fait pour plaire à sa mère, ce pauvre homme, il a tellement cherché tout au long de sa vie à se conformer à ses désirs, qu'il a fini par détester ce qu'il était devenu, à un point tel qu'il ne pouvait même plus se supporter.

Indignée que Rudolf ose s'attaquer à ce qu'on avait de plus cher, Sarah s'est levée et est sortie sur le balcon en lâchant de gros soupirs bruyants. Restée la seule de mon clan, j'ai tenté tant bien que mal de défendre le fort.

— Mais sa mère était une pauvre immigrante russe… et juive par-dessus le marché! Elle a dû élever son fils toute seule, sans aide et avec presque rien. Elle a travaillé comme une bête de somme, fait des sacrifices énormes pour qu'il puisse réussir. Tout ce qu'il voulait, Romain, c'était compenser pour le mauvais sort qui lui avait été fait…

— Il n'a rien voulu du tout. Il n'a jamais rien décidé pour lui-même, ton pauvre Romain. Il n'a toujours fait que ce qu'ELLE avait prévu pour lui. Il n'a fait que suivre les lubies de cette mère ambitieuse, omniprésente et castratrice à l'amour dévorant et abusif. Il a passé sa vie à combler ses manques à elle, à nourrir ses ambitions démesurées. Tu vois, Fred, nos jeunes copines fantasment sur cet homme parce qu'il est le pur produit des désirs d'une femme, l'archétype de l'homme idéal fabriqué de toutes pièces par une mère toute-puissante qui, je te le rappelle, chère Tiffanny, a passé presque toute sa vie sans homme, privant du même coup son fils de la présence d'un père. Cet homme-là dont vous rêvez, Tiffanny, il n'existe pas. C'est une construction, le résultat d'une volonté féminine contrôlante et despotique.

— Mais c'est tout de même pas un personnage de légende, il a bien existé, Romain Gary. Et malgré tout ce que tu dis, il a extraordinairement réussi : héros de guerre, écrivain célèbre, ambassadeur de France, marié à l'une des plus belles femmes d'Hollywood...

— Seberg ! Cette grande bringue névrosée ?

— Névrosée, j'en sais rien. Mais lui, il a tout réussi, non ?

— Il a réussi, c'est vrai ! a répondu Rudolf posément. Il a réussi plusieurs vies, mais pas la sienne.

Ces dernières paroles m'ont cloué le bec, m'ont laissée songeuse et perplexe. « Plusieurs vies, mais pas la sienne. » Tandis que, pensive, je rapportais les assiettes sales à la cuisine, la discussion a tranquillement dérivé sur de Gaulle, la résistance, la Deuxième Guerre, puis a semblé vouloir stagner sur la taille et la puissance des bombardiers alliés. J'en ai profité pour sortir en douce rejoindre Sarah.

Dehors, l'air était tiède, le vent doux et caressant. J'ai respiré profondément en essayant de capturer ce dernier moment de calme et de liberté. En songeant au lundi qui venait, à l'obligation prochaine de reprendre du service, je me sentais comme un détenu en fin de permission, un soldat forcé de rejoindre sa garnison à la veille d'une attaque décisive. Sarah, qui semblait avoir retrouvé un calme relatif, m'a tendu sa cigarette pour que j'allume la mienne.

— Il est pas un peu pénible, le fiancé de Stevo ?

— Qui ça ?

— Le gros Rudolf, toujours collé à Stevo comme une teigne. Ça ne te fatigue pas, à la longue ?

— Un peu.

— Et pis, ça devient vite agaçant de discuter avec quelqu'un qui sait tout. Quand on ne sait pas tout, on peut dire n'importe quoi, on peut déconner, au moins ; ça fait gigoter les neurones, ça aère l'esprit, non ? Et où est-ce qu'il a appris tout ce qu'il sait, d'abord ? Il a un abonnement perpétuel à *Que sais-je* ou quoi ?

— Il a passé cinq ans au collège et sept à l'université.

— Y devait pas être trop doué !

— C'est pas ça. Il distribuait *En lutte*.

— Il a pourtant pas une tête à s'intéresser aux sports de combat.

— C'était un journal marxiste, idiote !

— Je sais. Je blaguais !

— À l'époque, il portait une barbe, les cheveux longs…

— … une chemise à carreaux, des petites lunettes à monture ronde, a enchaîné Sarah.

— Tu le connaissais ?

— Non, mais j'ai vu des photos de Woodstock. Ils avaient tous le même look débile dans le temps. Et maintenant, il est encore marxiste-léniniste, le fiancé ?

— Plus depuis qu'y a plus de marxistes.

— Y a plus de marxistes ?

— Plus vraiment, non.

— Ah bon.

— Quoiqu'il reste encore Castro.

— Ah, Castro ! Quel homme ! Je le laisserais bien mettre son képi sur ma table de nuit, celui-là.

Sarah ramenait décidément tout bien au ras des pâquerettes. J'ai ri parce qu'il venait de me venir un flash : l'image de la mère à Castro en tenue militaire et bigoudis, comme la femme du général Alcatraz dans *Tintin et les Picaros*, ordonnant à son fils d'aller faire la révolution. J'ai eu envie de rentrer pour demander au gros Rudolf si Castro, le Che, la révolution cubaine et tout le bazar étaient aussi le résultat de volontés féminines contrôlantes et despotiques. Si le monde entier n'était pas mené de façon occulte par des mères trop aimantes et des pères absents. Mais on ne discutait pas avec Rudolf sur la base d'une simple intuition, fallait d'abord se documenter.

— T'as raison, Sarah.

— À quel sujet?

— C'est vrai que ça fait du bien de dire n'importe quoi.

On a ri encore, — l'herbe aidant, faut dire qu'on riait pour pas grand-chose — puis on est restées un court moment en silence à contempler la lune presque pleine. Un très court moment parce que, comme je pense te l'avoir déjà dit, Sarah ne supporte pas très longtemps le silence; elle prétend que ça cause l'accumulation de cérumen dans l'oreille interne.

— Tant qu'à parler de n'importe quoi... t'as des nouvelles de Miss Grand Nord?

— Merde, Sarah! Tu fais exprès de me gâcher mon plaisir?

— J'voulais savoir si elle avait aimé sa croisière, c'est tout.

— Elle est pas encore revenue. Elle arrive le 31, j'ai dit sèchement.

— Mais c'est pas aujourd'hui le 31?

Merde, merde, merde! On était le 31. L'avion qui ramenait ma mère se posait à dix heures dix, et elle m'avait fait promettre une demi-douzaine de fois que je serais là à son arrivée pour l'accueillir et la racompagner à la maison.

— Quelle heure il est?

— Minuit.

À ce moment précis, je ne donnais plus cher de ma vie.

8

Les femmes et les enfants d'abord

« *I want to be left alone !* » Comme à l'anniversaire de ses cinquante ans, ma mère nous a refait sa scène de délire à la Greta Garbo. Je l'imaginais au bout du fil, vautrée sur son canapé dans une chic robe d'intérieur, la main portée sur son front, la paume vers le ciel, laissant échapper dans un souffle douloureux : « *Leave me aloooone !* » Elle vivait son drame à fond. Depuis son retour, et l'affreux outrage que je lui avais fait subir, elle n'avait pas trouvé la force de défaire ses bagages, n'avait rien mangé, bu du gin en quantité. À l'entendre, il ne se trouvait sur terre aucune femme plus malheureuse qu'elle, aucune fille plus ingrate que moi. J'avais gravement démérité. Je n'étais plus digne de son affection, plus digne de recevoir les superbes cadeaux qu'elle m'avait ramenés de voyage et qu'elle menaçait maintenant d'envoyer, avec une partie de mon héritage, aux protégés de mère Teresa. Elle ne voulait plus me voir, plus me parler. Jamais.

Honnêtement, j'avais du mal à croire que j'en serais si facilement débarrassée.

Fallait pas rêver. En tout et pour tout, j'ai cessé d'être sa fille et son souffre-douleur durant quarante-huit heures, jusqu'à ce que l'absurde et fâcheuse idée me vienne de l'inviter à manger chez Eaton, au neuvième, pour réparer les dégâts. Malgré mes récentes prises de conscience et toute ma bonne volonté, je continuais à dire ce que je ne voulais pas, à taire ce que j'avais besoin d'exprimer et à faire précisément le contraire de ce que le sens commun commandait.

—*Would you like something to drink?* Désirez-vous prendre un apéritif?

Durant l'apéro, ma mère, pas tout à fait revenue de son *trip* croisière, n'en finissait plus de s'extasier sur la beauté du décor de la salle à manger, calquée — comme apparemment j'aurais dû le savoir — sur celui du célèbre paquebot *Île-de-France*. Autour de nous, une armada de vieilles serveuses bilingues en coiffe et tablier blancs, allaient et venaient en claudiquant, créant une étrange illusion de tangage. Je me sentais légèrement nauséeuse. Que veux-tu, je n'ai pas tellement le pied marin et j'ai horreur des cocktails de croisiéristes dans le genre de ceux que ma mère venait de nous commander: des Margaritas si acides qu'elles vous brûlent l'œsophage et vous ulcèrent l'estomac plus sûrement qu'un grand verre de vitriol. Pendant un moment, j'ai cru avoir avalé sans m'en rendre compte le petit parapluie en papier qui décorait les verres, tellement mon ventre me faisait souffrir. Entre deux spasmes, j'ai tout de même trouvé le courage de déballer les cadeaux que ma mère m'a offerts sans sembler se souvenir de son récent chantage aux déshérités de la planète.

J'ai étouffé un fou rire en découvrant le contenu du fameux paquet qui avait failli prendre le chemin des Indes. *Qu'est-ce qu'une jeune lépreuse de Calcutta aurait bien pu faire d'une paire de sandalettes vénézuéliennes en lamé or et d'un microkini brésilien minimalement pourvu d'un fil passant entre les fesses? Et pour mettre des bracelets en ivoire, y fallait toujours bien avoir encore des bras?* j'ai songé en riant intérieurement devant le ridicule de la situation.

Une fois les papiers d'emballage soigneusement repliés, j'ai souri gentiment et je me suis entendue dire: «Merci!» Un timide merci faussement poli, une autre petite lâcheté pour éviter de faire des vagues.

— *Are you ready to order?* Êtes-vous prêtes à commander?

Une vieille serveuse, le nez collé sur son carnet, a pris notre commande en s'arrêtant à chaque mot pour secouer son stylo, un stylo de qualité du genre «offert par la maison pour récompenser soixante-quinze années de bons et loyaux services». Après maints gribouillages et de longues tergiversations, durant lesquels j'ai pensé qu'on ne viendrait jamais à bout de ce dîner, ma mère a finalement arrêté son choix sur un duo tournedos grillés et langoustine qu'elle considérait comme le fin du fin, et j'ai commandé une salade grecque.

— C'est pas en te nourrissant de salades que tu vas finir par engraisser, elle m'a aussitôt sermonnée.

— Je n'ai pas vraiment besoin d'engraisser, maman!

— J'ai déjà assez de problèmes comme ça sans que tu commences à me faire des crises d'anorexie.

— T'as des problèmes?

Ça ne m'intéressait pas furieusement d'en connaître la teneur, mais j'ai pensé qu'en orientant la conversation de cette manière, on arriverait à meubler le deux prochaines heures et ainsi éviter qu'elle ne s'appesantisse à nouveau sur mon sort.

— T'as des problèmes de santé, maman?

— Ne m'appelle pas maman en public, ma chérie, je te l'ai déjà dit. Et puis, cesse d'être toujours aussi dramatique. On peut très bien avoir des problèmes sans qu'ils soient nécessairement de nature morbide. De toute façon, si j'avais des problèmes de santé, j'irais en parler à un médecin, pas à une embaumeuse.

— Je ne suis plus embaumeuse.

— Heureusement! Parce qu'avec la tête que t'as en ce moment, tu réveillerais les morts, ma pauvre chérie. Déjà qu'au niveau de la coupe, c'était pas vraiment une réussite... Peux-tu bien me dire ce qui t'a pris de te colorer les cheveux de cette couleur? C'est pour s'accorder à la couleur frites? Dis-moi, c'était une blague, j'espère, cette histoire de cantine mobile?

Et voilà! c'était reparti pour un tour, un autre grand tour de son habituel petit manège. On a fait deux, trois interminables allers-retours — dont je t'épargne les détails — qui n'ont fait qu'aggraver mon état nauséeux, avant de revenir enfin au sujet initial. Entre l'île flottante et le café, ma mère a fini par s'ouvrir enfin de ses angoisses métaphysiques.

— Je me sens très fatiguée. Je n'ai plus l'énergie que j'avais, elle a dit. J'ai maintenant l'impression que mon état intérieur ne correspond plus à l'image que je projette.

Naïvement, j'ai cru qu'elle allait m'annoncer qu'elle renonçait à se faire remodeler, que c'en était fini de toutes ces opérations de ravalage de façade et de pompage de graisse, qu'elle acceptait enfin de paraître son âge. Mais d'où cela pouvait-il bien lui venir? Avait-elle fait la connaissance, durant la croisière, d'un vieil homme sage et aimant capable de l'accepter telle qu'elle était en elle-même? Je commençais à croire que l'amour pouvait produire des miracles quand, penchée vers moi au-dessus de la nappe blanche, son dernier rang de perles baignant dans la crème anglaise, ma mère m'a demandé avec des airs de conspiratrice:

— T'as entendu parler des hormones de croissance?

Ah! c'était plutôt ça! L'essentiel de son drame, bien éloigné de ce que je m'étais imaginé, consistait en un grave et profond dilemme: il lui fallait choisir entre l'une ou l'autre de ces nouvelles et miraculeuses cures de jouvence dont on avait parlé à l'émission d'Oprah Winfrey et qui donnaient, disait-on, des résultats spectaculaires côté forme, énergie, libido et tout ce qui se déglingue généralement avec l'âge. Au départ, m'a-t-elle expliqué en long et en large, elle hésitait entre la tétratechnologie — une technique de pointe consistant à injecter une molécule qui stimule la sécrétion de mélatonine, une hormone de croissance qu'on retrouve naturellement dans le corps humain

— et une méthode plus naturelle à base d'huile de serpent produisant des effets de rajeunissement similaires. Vu sa phobie des reptiles, elle avait finalement opté pour le premier traitement, mais, depuis, une malheureuse lui avait parlé d'une troisième méthode, mise au point par des médecins suisses et qui consistait en l'administration quotidienne d'extraits de foie de fœtus de moutons en cure fermée dans une clinique privée de Montreux, d'où sa nouvelle indécision.

— Si t'avais vu ce couple d'Américains. Ils passaient des soirées entières sur la piste de danse ou au casino à jouer au black-jack, souvent jusqu'aux petites heures du matin, et on les retrouvait au déjeuner frais comme des roses. La femme avait soixante-deux ans, lui cinq de plus, et je te jure, Tiffanny, on leur en aurait donné à peine cinquante! Tu vois, eux s'étaient offert la fameuse cure à Montreux. Pour les deux, ils ont déboursé environ 15 000 $, sans compter les billets d'avion. Ils partaient de Houston… Quinze mille dollars, c'est quand même une grosse somme!… Ah! c'est sûr que la cure à New York est beaucoup moins coûteuse, quoique… si on décide de rester sur place pendant la durée du traitement, il faut quand même payer pour se loger… et à New York, pour se loger convenablement, tu sais comment c'est, même les petits hôtels coûtent la peau des fesses… Quoique… j'pourrais toujours partir le matin et revenir le soir même. New York n'est pas très loin… mais j'aurais tout de même à débourser pour le transport, ce qui revient à peu près au même au bout du compte… En fait, les deux se valent… Mais, tu sais, j'ai toujours eu un préjugé favorable pour les médecins new-yorkais. Ils ont d'excellents médecins à New York… Tiffanny, tu m'écoutes?

— Oui, maman, je t'écoute.

J'écoutais. J'écoutais même avec grand intérêt, étonnée qu'on puisse monologuer si longuement à partir d'une prémisse aussi mince, un sujet aussi insignifiant; ça en devenait quasiment fascinant.

— Donne-moi ton avis. J'ai besoin d'être éclairée, implorait-elle maintenant. Dis-moi ce que tu ferais, toi ?

À ma droite, dans une clameur étouffée, j'ai cru entendre la salle scander : « La chaîne ! La chaîne ! », tandis qu'à gauche ça hurlait : « L'enveloppe ! l'enveloppe ! » J'ai choisi une réponse au hasard, n'importe laquelle.

— Les foies de fœtus en Suisse !

Les sourcils de ma mère se sont froncés comme pour dire : « Mais encore ? » ou : « Tu peux élaborer ? » Je connaissais par cœur le langage de ses arcades.

— Ils inspirent confiance, les Suisses, non ? Ils ont quand même inventé le couteau suisse et l'eau d'Évian... le fromage à quatre trous, la neutralité...

Je pédalais dans le beurre. Soudain, sans que j'aie eu le temps de parer le coup, ma mère s'est emparée de mes mains qu'elle a tenues prisonnières dans les siennes au milieu de la table.

— Tiffanny, sois sérieuse. Dis-moi ce que tu choisirais.

J'ai senti une légère panique monter en moi. Mon cœur s'est emballé, mes oreilles se sont mises à bourdonner. Je n'aimais pas qu'elle me touche. Mes mains souffraient dans les siennes. Tout ce que je souhaitais, c'est qu'elle les lâche, que je puisse les reprendre au plus vite et les mettre en sécurité.

— Sérieusement, j'opterais pour les fœtus en cure fermée, j'ai répondu avec une assurance feinte.

— Je te remercie de ton conseil, ma chérie ! elle a dit en serrant mes mains plus fort. C'est d'ailleurs ce qu'au fond de moi je pensais. D'en parler, ça nous fait mieux se rendre compte, on dirait.

En voyant arriver l'addition que le commandant-maître-d'hôtel, cérémonieux et grimaçant de tics nerveux nous apportait dans un petit livret de cuir, ma mère s'est levée d'un bond en larguant mes mains parmi les assiettes sales. « Tu m'attends ici, ma chérie ? Je dois aller me repoudrer le nez », elle a annoncé d'une voix mondaine avant de se diriger de sa démarche de podium vers les cabinets,

« au fond à gauche », comme venait de lui indiquer le jeune matelot à peine pubère, tout en jambes et en boutons d'acné, qui desservait la table à bâbord.

J'avais envie de rentrer, tout de suite, sans attendre, sans payer. Dévaler les neuf étages à pied, sortir dehors respirer, même de l'air très vicié. Elle avait parlé de New York, de fœtus de moutons. Elle avait pris mes mains dans les siennes et fait naître une forte impression de déjà-vu, un étrange malaise, une sensation d'oppression qui persistait même après qu'elle eut quitté la table. Un souvenir pas très net, mais douloureux malgré son imprécision, me revenait en mémoire, troublant. J'essayai de le chasser en fredonnant dans ma tête une chanson bête de marin, mais ça refaisait surface, cherchait à s'imposer. *Row, row, row your boat...* « Maman s'en va à New York, elle ne sera pas partie très longtemps... » *Row, row, row your boat, gently down the stream...* « Tu seras gentille avec papa ? Maman va te ramener une nouvelle poupée. » *Merely, merily, merily, merely...* « Tu sais, ma belle, parfois le ciel se trompe ; il nous envoie des petits bébés qui ne nous étaient pas destinés, et on est obligé de les renvoyer. — Les renvoyer à New York, maman ? — Parfois à New York, chérie, parfois ailleurs. » *Life is but a dream.* « Maman ? — Oui, ma chérie ? — Tu es sûre que le ciel ne s'est pas trompé pour moi ? »

J'ai chassé le souvenir à grands coups de rame et avalé d'un trait le reste de mon café froid. Peu de temps après, ma mère est sortie des toilettes et a entrepris la traversée de l'immense salle au plafond extraordinairement haut, à l'acoustique puissante. Le claquement sec de ses talons résonnait, amplifié, comme si une madame pipi un peu blagueuse venait de fixer des micros autour de ses chevilles. Sur le premier tiers du parcours, ma mère a fouillé dans son petit sac en cuir verni pour se donner une contenance, mais elle a fait le reste du trajet avec une belle assurance. À mon grand étonnement, les têtes se tournaient sur son passage. Les femmes autant que les hommes souriaient derrière elle, la suivaient du regard tandis qu'elle remontait l'allée entre les deux rangées de tables aux nappes immaculées. J'ai dû finir par admettre qu'elle avait assez belle allure dans son ensemble jupe-chemisier rose Kennedy, avec ses cheveux blond platine à la Grace Kelly, son visage lisse, son ventre plat. Reste que, quand on la regardait de près, c'est encore à son chirurgien qu'on avait envie d'adresser les compliments.

Comme une actrice du cinéma muet à qui on viendrait de demander une série d'autographes, ma mère a fini par regagner la table, bouffie d'orgueil, ravie, mais tout de même un peu étonnée de faire encore l'objet d'une si grande attention. Je l'ai aidée à passer son imper, tandis qu'elle souriait une dernière fois à la foule de ses admirateurs.

— Tu vois qu'elle fait encore tourner des têtes, ta vieille mère !

Je n'ai pas osé lui faire part de ce que je venais de remarquer : lorsqu'elle était allée aux toilettes, un pan de sa jupe s'était fiché dans l'élastique de sa culotte, offrant son derrière et ses cuisses récemment liposuccionnées aux regards du capitaine, des membres de l'équipage et de tous les passagers.

J'ai des problèmes avec ma peau
parce que ce n'est pas la mienne.

Émile Ajar,
Pseudo

I don't know if I'm unhappy
because I'm not free
or if I'm not free
because I'm unhappy.

Jean Seberg,
dans À *bout de souffle*

9

Le problème de la fin

J'aurais donné trois jours de paye pour qu'on cesse de vendre ces ignobles petits gâteaux joufflus. Déjà que, avec l'uniforme en stretch bleu que le patron de la cantine nous forçait à porter, on s'exposait quotidiennement à la sérénade d'un de ces gros veaux à la tignasse graisseuse qui à tous coups, en nous apercevant, entonnait un « Qui est cette belle inconnue... ? » roucoulant, tu peux deviner ce que ces immondes monticules blancs saupoudrés de noix de coco, surmontés d'une gelée rouge luisante, posés côte à côte bien serrés sous un emballage de cellophane ne manquaient de provoquer dans l'imagination protozoaire de nos clients de chantier.

Si encore ils avaient eu la décence de s'éloigner de la camionnette pour manger leur pâtisserie, cela nous aurait rendu la chose légèrement plus supportable, mais ils s'obstinaient tous à entamer leur petite friandise devant nous, à ouvrir le paquet dans un geste qui tenait davantage de l'effeuillage que du simple déballage et à lécher la confiture gélatineuse en formant du bout de la langue des cercles concentriques d'une réelle impudeur. Cet hiver, quand le temps ne leur permettait pas de s'attarder trop longuement sans risquer de se geler ce qu'ils avaient de plus précieux, ils repartaient, le paquet de gâteaux posé sur leur torse bombé, en se dandinant dans leur bleu de travail comme des tantouzes en goguette. Et il n'y en avait pas un pour racheter l'autre.

Heureusement, ce long calvaire tirait à sa fin. En rentrant à la maison le soir, on s'encourageait, Sarah et moi, en se disant qu'au printemps ce serait terminé. En mai, on irait rendre les clés de la camionnette au patron et on en profiterait pour lui dire deux mots sur ce qu'on pensait de lui et de ses méthodes de marketing primaires, puis, à grands coups de marteau, on irait fracasser nos réveils en nous promettant de ne plus jamais nous lever à l'heure des poules. En mai, ce serait terminé. Plus jamais on ne ferait le commerce de ces vulgaires pâtisseries industrielles, de ces chocolats à la paraffine, de ces sandwiches de pain blanc aux œufs pilés et à la sauce à salade, de ces chips au simili goût de pizza dont ils raffolaient tous. On ne participerait plus à l'empoisonnement des masses laborieuses. Plus de Coca-Cola, de Sprite ou de Fanta, fini tout ça. Avant que l'été ne revienne, nous allions partir pour un monde meilleur, un monde fait de beauté, de grâce et de raffinement. Nous partirions sur les traces de cet homme que nous aimions tant.

Sans lui, nous n'aurions jamais survécu à cet hiver de petitesse et de servitude. Pendant les pauses, entre deux tournées de chantier, et même certains soirs — quand, à la maison, l'alambic dégageait son insupportable puanteur —, on s'enfermait dans le camion, Sarah et moi, la chaufferette à fond, et on lisait tour à tour à haute voix, à la lueur du plafonnier, en mangeant de gros cornichons salés comme Romain les aimait tant.

Après les Fêtes, on avait dévoré l'œuvre entière et une bonne dizaine de pots de cornichons. On avait tout lu, sauf quelques titres jamais réédités, réputés introuvables. À mesure que le mois passait, le manque commençait sérieusement à se faire sentir. Sans nos petites séances euphorisantes, les journées nous paraissaient plus longues, les pauses interminables, le réel un peu fade, on renouait avec l'ennui. En quelques mois, nous étions devenues accros à la lecture; pas au point de nous mettre à lire Victor Hugo, de nous injecter du Balzac ou du Flaubert — Madame Bovary: pas vraiment notre genre d'héroïne —, mais on aurait pris encore quelques doses de notre Romain Gary chéri, quelques doses encore pour contrer l'effet de sevrage, pour décrocher en douceur de cette substance qui nous avait si bien fait voyager. Mais on ne pouvait plus rien trouver sur le marché.

En désespoir de cause, on allait se mettre à tout relire du début quand, par l'entremise d'un bouquiniste moins affairé que les autres, on a fait la connaissance d'Émile Ajar, le double de Romain Gary, celui qu'il avait inventé pour se fuir. Et ce fut pour moi comme une seconde révélation, plus importante encore que la première. Je découvrais alors, me semblait-il, l'homme derrière la façade, un homme débarrassé de l'obligation de plaire à tout le monde et à sa mère, du besoin d'être accepté, admiré, de paraître fort, d'en imposer. Sous le pseudonyme d'Émile Ajar, Romain se montrait doux, humble, authentique, prenait la défense des petits et des pauvres comme s'il avait fini de se préoccuper de son propre éclat, fini d'astiquer sa personne comme ses médailles de guerre pour la faire reluire. Romain, caché derrière un pseudonyme, à l'abri des mesquineries, déjouant les attentes du monde, parlait de sa vraie voix, on aurait dit, livrait ses sentiments véritables dans une pure et touchante sincérité. Derrière le paravent d'Émile Ajar, Romain Gary accouchait de lui-même dans une unique et formidable remise au monde. J'étais soufflée.

Cette idée d'un homme se réinventant lui-même m'exaltait. C'est à partir de ce moment, je crois, que l'idée de l'imposture, l'envie de changer de vie a commencé à faire son chemin dans mon esprit. Sans cette rencontre avec Émile Ajar, rien de ce qui est arrivé par la suite ne serait advenu: je n'aurais pas disparu, je ne serais sans doute pas morte, on ne m'aurait pas fait d'obsèques et Lady serait peut-être toujours de ce monde à quêter des bières et un peu d'affection.

Mais avant que les choses ne se mettent à si mal aller, que les événements ne prennent cette tournure dramatique que je vais te raconter, nous avons vécu des moments formidables. Tour à tour, le gentil Momo et sa pauvre madame Rosa, Gros Câlin, Salomon le roi du prêt-à-porter et mademoiselle Cora sont venus s'installer dans l'habitacle de notre cantine motorisée pour partager nos heures de désœuvrement. Dès les premières lignes, ces personnages nous ont paru familiers, proches, très proches, plus que les membres de nos propres familles, comme de vieux amis, comme si on s'était de tout temps connus. Avec eux, on a ri, on s'est émues, on a versé de petites larmes, et les semaines se sont remises à passer comme des jours, les heures comme des minutes. Avec Émile Ajar, et sa façon de déguiser l'insupportable, d'enrober les plus cruelles vérités dans un voile de tendresse et d'ironie, j'apprenais peu à peu à me moquer du monde, à percevoir le réel avec plus de détachement et un brin de dérision. Cette manière cynique d'appréhender les choses a eu sur moi un effet subversif tout à fait bénéfique. Ce nouvel apprentissage m'armait d'une force nouvelle, me donnait une envie folle et grandissante de devenir moi-même en dépit de tout et de tous.

Cette année-là, le printemps est venu un peu avant son temps comme une délivrance. Début avril, les jours ont commencé à s'étirer ; la lumière, plus vive, plus chaude, produisait déjà ses effets stimulants qui excitent et rendent tout le monde un peu fou, prêt à tout. Rapidement, les cafés ont rouvert leurs terrasses, les filles se sont à nouveau dénudées, les couples se sont remis à déambuler en se tenant par la main, à s'embrasser dans tous les coins. Notre départ prochain pour la France nous faisait nous sentir, nous aussi, plus légères, nous donnait envie de nous amuser. On se sentait le cœur à la fête.

— Maher, sers-nous deux bières !

— Eh ben ! qu'est-ce que j'aperçois là ? Des revenantes !

Le travail et la lecture nous ayant gardées passablement occupées durant les mois d'hiver, nous n'étions pas retournées au Boucan depuis un bon moment.

— Comment elles vont, mes gazelles?

— Elles vont superbement, et lui?

— Il va, il va! Ben, dis donc Tiffanny, t'as décidé de te coiffer comme Lady?

— Comme Lady?!? on s'est exclamées d'une même voix, étonnées.

— Elle est pas coiffée comme Lady! a expliqué Sarah. Si tu fouillais un peu dans ta vaste culture, tu verrais bien que c'est la coupe Jean Seberg dans *À bout de souffle*.

— Bon, à ce que je peux voir, vous avez pas décroché depuis l'automne! Toujours à fond dans le même délire? À quoi vous jouez maintenant? Laissez-moi deviner: Tiff se prend pour Seberg, toi pour Romain Gary; tu vas subir un changement de sexe et vous allez demander une dispense au diocèse pour pouvoir vous marier, c'est ça?

— N'importe quoi!

— Alors, vous rêvez toujours d'épouser Romain Gary dans un mariage double?

— Non. Pas du tout. Moi, je vais épouser Romain Gary, et Tiff, elle, va se marier avec Émile Ajar.

— Ça se replace vraiment pas, votre affaire, à ce que je peux voir!

— Qui c'est qui voudrait que ça se replace?

— Ah, moi, tant que ça fait marcher le commerce!

Maher nous a servi deux grandes bières fraîches, dorées et mousseuses, et s'en est versé une aussi pour trinquer.

— Allez, buvez! C'est bon pour ce que vous avez! À vos époux!

— C'est ça! À nos époux! on a dit de concert.

— Je vous souhaite de vivre heureuses et d'avoir beaucoup d'enfants! a rigolé l'Arabe en noyant son sourire dans le col de sa blonde.

— Merci, Maher! Maintenant, si tu veux bien nous laisser, on doit parler business.

Répondant toujours aussi servilement aux ordres de sa belle gazelle, Maher s'est éloigné sans rechigner. Comme frappé à son tour par les effets abrutissants du printemps, il est parti, torchon et brosse à la main, nettoyer les toilettes en sifflotant, à ce qu'il m'a semblé, une version arabisée de *Je m'en vais au bois, ma tantirelirelire...*

On est restées au bar une bonne heure à siroter des bières et à mettre au point les derniers préparatifs de notre pèlerinage. On avait gagné durant la saison froide suffisamment d'argent pour se payer les billets d'avion Montréal-Paris, l'hébergement pour une semaine dans un petit hôtel de la rue du Bac, voisin de l'appartement de Seberg et de Gary, le billet de train pour descendre à Nice voir l'hôtel Mermonts, manquait plus que l'argent de poche. Nous doutions fort d'être en mesure, en un mois de travail, d'amasser la somme nécessaire. On *brainstormait* depuis le début de la semaine pour trouver une idée lucrative qui n'impliquerait ni vol ni fraude, ce qui, faut l'admettre, n'est pas vraiment évident de nos jours.

— Il faut donner aux gars ce qu'ils veulent, réfléchissait Sarah tout haut.

— Tu veux tout de même pas qu'on vende nos corps?

— Je pensais pas à ça...

Sarah paraissait archiconcentrée comme elle l'est généralement avant de formuler une idée complètement saugrenue ou parfaitement irréaliste.

— À part l'amour physique, qu'est-ce que les hommes désirent le plus qu'on leur fasse?

Me laissant à peine le temps de réfléchir, elle a aussitôt répondu à sa propre question.

— La popote, voyons! Un bon repas chaud, ça comble les hommes autant que l'amour, surtout ce genre de gus là!

Elle s'est emballée.

— Il faudrait leur offrir des petits plats faits à la maison. On appellerait ça *Les petits plats de maman...* quelque chose... peu importe. J'pourrais leur faire mon fameux carbonara ou des spaghettis sauce à la viande, des pâtés chinois, des trucs qui coûtent pas cher à produire et qu'on revendrait à prix fort... On a la chance d'avoir ce qu'on appelle une «clientèle captive», il faut en profiter. Ça va marcher, j'en suis sûre! En jouant comme ça sur leurs besoins vitaux, leurs envies primaires, j'te jure, on va les dépouiller vite fait!

— Tu crois que le patron va être d'accord?

— On lui dit pas, au patron! Qu'est-ce tu penses? On vend nos petits plats discrètement, et on empoche le profit!

J'ai levé mon verre à l'idée.

— *I drink to that!*

— Aux hommes et à leur appétit vorace et sans limites!

Sur ces entrefaites, Lady est arrivée au comptoir, les cheveux coupés court et teints en blond comme Maher l'avait annoncé, mais avec une repousse châtain-roux de fausse blonde négligée, un œil tout récemment poché et le visage enflé d'un côté. Son apparition a vite mis un terme à nos jubilations.

— Ben, qu'est-ce qui t'est arrivé, ma pauvre Lady?

Elle s'est hissée avec peine sur le tabouret à côté de Sarah comme si son corps, pourtant frêle, pesait lourd comme un char d'assaut, que ses articulations mal huilées refusaient de se plier à ses mouvements d'ordinaire graciles.

— Qu'est-ce qui est arrivé à ton œil? j'ai demandé à mon tour.

— C'est à cause du désamour. Tu vois la tache que ça fait sur ma joue? Tout est écrit là-dedans. Tu vois, elle a dit en détaillant sa blessure comme si elle la connaissait par cœur, il y a le rouge de la colère, le mauve de la passion, là le jaune de l'envie et le vert de la jalousie... C'est beau. Ça vit.

Pour Lady non plus, ça ne semblait pas vouloir s'arranger.

— Demain, toutes les couleurs vont se confondre pour prendre une teinte uniforme et merdique, la teinte sombre et répugnante du dégoût de soi, de l'oubli des autres et de l'indifférence...

Lady se regardait dans la grande glace derrière le comptoir en caressant son visage du côté meurtri tandis que, débordantes d'empathie, on versait la moitié de nos verres dans le sien, vide, qu'elle tenait toujours tendu devant elle pour qu'on le remplisse en échange d'un peu de poésie. Elle a vidé son verre d'un trait et a repris avec son bel accent d'où elle venait...

— Je porte toute la douleur du monde autour de mon œil, les vraies couleurs de l'amour humain : la férocité du désir, la puissance du mépris, l'excitation et la joie du rabaissement, les couleurs fascinantes de l'abject...

Puis elle s'est mise à sourire à son reflet dans la glace, avec un sourire double qui semblait à la fois amer et malicieux, comme si elle planifiait une revanche ou préparait un mauvais coup.

— Quand mes bleus seront effacés, quand ma joue reprendra la couleur de la chair, je me ferai d'autres marques, de pires encore... comme des petits îlots de détestation... je veux porter pour toujours les traces du désamour, là, au milieu du visage, bien visibles... Je veux qu'on les voie, qu'on les regarde en face, ces blessures qu'on s'infligent les uns aux autres. Ils devront supporter de les voir, ceux qui se croient assez grands, assez forts pour vivre de la haine...

Lady se contorsionnait maintenant le visage comme pour s'enlaidir.

— Pour que mon visage s'accorde avec mon cœur, il lui faudrait des balafres, des coupures, là, des entailles profondes. Je ne pourrai plus supporter que mon visage soit lisse et rose, parce que mon âme, elle, ne l'est pas...

On lui a offert un dernier verre de quelque chose de fort, puis elle est repartie en traînant sa misère avec elle comme un bagage trop lourd. C'est la dernière fois qu'on a vu Lady vivante. Quand la vie est venue lui reprendre le peu qu'elle lui avait donné, le bleu sur son œil commen-

çait à peine à pâlir. Je me suis appliquée à la faire disparaître pour effacer les traces des outrages qu'on lui avait
fait subir. Je voulais qu'elle reparte de ce monde avec un
visage clair et lumineux comme une nouvelle lune parce
que je ne croyais pas, je n'avais jamais cru, que son cœur,
son âme puissent être aussi sales, aussi noirs qu'on avait
réussi à lui faire croire.

10

Comme une commune

Avant que le drame ne survienne, notre vie en communauté s'est poursuivie, durant encore un certain temps, à peu près normalement. Du moins, aussi normalement que puisse se vivre la cohabitation d'un rescapé de guerre, d'une neurasthénique chronique, d'un idéaliste désenchanté et d'une paire d'obsédés sexuels. Compte tenu des circonstances et de nos natures plutôt singulières, on s'en sortait, jusque-là, relativement bien.

— Vingt spaghettis à 4,50 $, plus 25 fettucines à 4,75 $, plus 20 pâtés chinois à 4,25 $, comptait Sarah enthousiaste, ça fait presque 300 $. Tiff, t'imagines ? Si on maintient nos ventes à 300 $ par jour, c'est pas trois semaines qu'on ira passer en France, mais l'année entière, à Nice et à l'hôtel Mermonts en plan américain ! Si ça continue, ma chère, on ira promener nos caniches sur la Promenade des Anglais !

Nos affaires, pour leur part, allaient vraiment bon train. Nous remportions un succès aussi vif qu'inespéré avec nos plats cuisinés, à un point tel que, durant les premiers jours, nous n'avions pu suffire à la demande de tous ces hommes affamés qui, dès la tournée du matin, fantasmant déjà sur l'idée de satisfaire leur robuste appétit du midi, s'étaient mis à réserver leur petit plat à l'avance. On se sentait terriblement encouragées. Le travail ne nous faisait plus peur : l'effort, même celui, énorme, de nous lever aux aurores, prenait tout à coup un sens nouveau. On travaillait pour nous : ça changeait tout.

Chaque jour, en fin d'après-midi, après nos tournées de chantier, on s'arrêtait faire des courses avec la camionnette, réinvestissant chaque fois la somme de nos pourboires combinés dans l'achat de tomates et de maïs en conserve, d'oignons, d'ail et de bœuf haché. Le soir, on cuisinait durant quelques heures, peinardes, en sirotant des petits verres de vin blanc qu'on avait maintenant les moyens de se payer, on comptait la recette de la journée, puis on se mettait à rêver. Parfois, les gars montaient nous aider à préparer les barquettes, à les emballer, à descendre ranger le tout dans la camionnette quand ils n'étaient pas eux-mêmes occupés à remplir les bouteilles de leur dernière cuvée. Ce soir-là, un petit mercredi de semaine tout banal, avec pourtant rien de spécial à fêter, ils s'affairaient plutôt à vider les bouteilles, à les écluser joyeusement jusqu'à la lie.

— Alors, les filles ! Vous ne venez pas trinquer avec nous ?

Rudolf, l'incontournable Rudolf, qui venait de glisser son nez rouge comme un lumignon dans l'embrasure de la porte, m'a paru d'humeur particulièrement joyeuse.

— Que ça sent bon ici ! Alors, vous venez prendre un p'tit verre avec nous, les greluches ?

La présence de Rudolf dans son champ magnétique produisant toujours sur Sarah le même effet, elle s'est mise à remuer la sauce à la vitesse grand V ; les poils de ses avant-bras se sont dressés comme les piquants sur le dos d'un porc-épic.

— On a du travail à finir, nous. On n'a pas que ça à faire, picoler, elle a répondu, irritée.

— C'est vrai ! J'oubliais que ces petites dames s'étaient lancées dans le commerce. Il paraît que ça marche rondement, votre petite entreprise !

— Tellement qu'on va pouvoir t'acheter et te revendre pour l'exportation. Tu vaux combien la livre ?

— Eh bien! à ce que je peux voir, on a déjà assimilé le vocabulaire et les méthodes du capitalisme sauvage.

— On fait pas du capitalisme sauvage, on essaie de se démerder, c'est tout! j'ai tenu à préciser.

— Et quel pourcentage il prend sur vos ventes, le patron?

— Il prend rien du tout. C'est nous, les patrons!

Sarah a donné une petite tape sèche sur la main de Rudolf pour lui faire lâcher le bout de fromage qu'il s'apprêtait à nous ravir.

— Tu manges notre profit! Le fromage, c'est ce qui coûte le plus cher. Si t'as faim, mange des pâtes ou des patates, mais pas le fromage.

En bon pique-assiette qu'il est, Rudolf n'a pas attendu pas qu'on le lui répète une seconde fois. Tirant une chaise près de celle sur laquelle il venait de déposer son gros fessier sans y avoir été invité, il a allongé confortablement les jambes, a calé le chaudron de patates entre ses cuisses et s'est mis à racler le fond et les parois avec avidité.

— Savez, les filles, je n'aurais rien contre le capitalisme, si chacun pouvait y trouver son compte. Le libéralisme, au départ, ce n'était pas une si mauvaise idée. On ne peut qu'être d'accord avec une doctrine qui prône la liberté, l'initiative individuelle…

Tout en continuant à discourir, Rudolf engouffrait d'énormes cuillérées de purée tiède entre ses lèvres grasses et charnues.

— Le libéralisme n'était pas une mauvaise idée au départ, comme le communisme d'ailleurs… c'est ce que les hommes font avec une idée qui est condamnable, pas l'idée elle-même. Dès qu'une idéologie triomphe ou domine quelque part, la porte s'ouvre à tous les abus…

Rudolf a médité un moment sur une cuillerée de purée avant de lui faire suivre le même chemin qu'aux autres.

— Depuis la chute du Mur, le démantèlement du bloc communiste, les Américains ont le sentiment d'avoir triomphé, d'être devenus les maîtres absolus du monde.

Attendez de voir à quel genre d'abus on sera exposé dans les années à venir... Les grosses entreprises et les banques fusionnent à qui mieux mieux, les richesses se concentrent, bientôt, vous verrez, il n'y aura plus de place pour les petites entreprises. Seules les grosses corporations et les multinationales auront accès aux marchés...

— Ben oui, ben oui! C'est l'Armageddon! La fin du monde est proche! On va tous crever de faim une bouteille de Pepsi à la main. En attendant, tu veux bien aller finir ta purée avec les autres au salon? Faut que je nettoie la cuisine.

— T'as tort de pas vouloir écouter, Sarah. Pour l'instant, vous vous sentez bien au-dessus de vos affaires avec votre petit commerce illicite, mais essayez donc un jour d'ouvrir une entreprise légale, de demander un prêt à une banque, d'obtenir des fonctionnaires les trente-six mille permis et autorisations, de faire ce qu'il faut pour vous conformer aux lois et aux règlements...

— Rudolf, tu nous emmerdes! Va finir ta purée avec un p'tit verre d'eau-de-vie et arrête de nous déprimer, veux-tu?

— Sarah. Oh! Sarah, Sarah! Pourquoi es-tu toujours si agressive avec moi? Pourquoi me détestes-tu tant? chignait maintenant le gros Rudolf, une main théâtralement posée sur le cœur.

— J'suis pas agressive, j'suis exaspérée. Tes discours m'ennuient, me sortent par les trous de nez. J'te déteste pas, Rudolf, mais tu me fatigues à la longue, c'est tout! elle a expliqué dans un sursaut de franchise.

— Ah! c'est dommage, bien dommage que tu me traites ainsi... moi qui vous avais apporté un sac plein de belles fringues à vous partager... c'est dommage, il a répété, en guettant hypocritement notre réaction du coin de l'œil.

Malgré son immense fierté, Sarah n'a pu résister très longtemps aux appels criants de sa féminité et a demandé en feignant tout de même un certain détachement:

— Fais voir ce que t'as apporté! Peut-être qu'on pourrait t'acheter certaines bricoles!

— Je ne vends pas à mes amis, j'échange, je fais du troc, je donne... mais avec ceux qui ne m'aiment pas, aucun commerce n'est possible.

En se composant un air très digne, les traits tirés vers le bas, le menton altier, le gros Rudolf s'est levé et a pris congé de nous dans un style très dix-huitième.

— Et comme ma présence semble vous déplaire au plus haut point, mesdames, je ne saurais vous infliger cette torture plus longtemps.

Il nous a tiré sa révérence et il est sorti, son chaudron de purée sous le bras, en laissant sous sa chaise le gros sac-poubelle rempli des mille merveilles annoncées.

— Ouvre-le, Tiff, ouvre-le! Je veux voir ce qu'il a amené cette fois-ci.

— Il n'a pas dit qu'il nous les donnait, ces fringues!

— J't'en prie, Tiff! On va pas commencer à se formaliser avec c'te gros dadamite de mes deux! Il nous d'mande la permisssion, lui, peut-être, avant de nous dévaliser l'frigo? Oh, wow, Tiff, t'as vu cette robe!

Le sac contenait des robes fabuleuses. Aucune qu'on aurait osé porter pour aller faire le marché — elles étaient toutes du style *Brake fast at Tiffany's,* du genre qu'on portait dans les films et dans nos rêves de gamine avant la révolution féministe — sauf peut-être une mignonne petite robe toute simple, sans manches, avec un col arrondi qui, à première vue, était à peu près à ma taille. J'ai mis la petite robe de côté en me disant que j'allais l'essayer plus tard, puis nous sommes tombées à bras raccourcis dans les colliers, les bracelets, les écharpes translucides, les chaussures à bouts archipointus qui semblaient être faits pour des pieds de femme venue d'une autre planète. Avec l'intention d'aller faire un petit défilé maison à nos hommes, on a enfilé les deux robes les plus extravagantes, on s'est parées d'une tonne de bijoux et mis un peu de rouge sur nos lèvres et nos joues.

On a surpris les gars, déguisés, eux aussi, de vieilles fringues qui leur donnaient l'air tout à fait grotesque, en train de répéter avec Fred la pièce dans laquelle il devait se produire à la fin du mois aux côtés de Marinette Orlandi, la grande vedette de la télévision. Ils paraissaient tous passablement pompettes.

— *Il a bien fallu que nous nous fissions du mal, car nous sommes des hommes! Ô insensés! Nous nous aimons*, déclamait Fred avec sérieux et grandiloquence quand nous sommes arrivées près de la porte du salon.

Pour lui donner la réplique, Rudolf s'était attifé d'une longue robe bleu clair, bouffante et défraîchie, piquée de fleurs fanées. Des bourrelets de chair rose et poilue débordaient dans son dos autour de la fermeture éclair qu'il n'avait réussi à remonter qu'au premier tiers.

— *Oui, nous nous aimons, Perdican; laisse-moi le sentir sur mon cœur*, lui a répondu Rudolf avec une ridicule voix de fausset. *Ce Dieu qui nous regarde ne s'en offensera pas; il veut bien que je t'aime; il y a quinze ans qu'il le sait.*

— *Chère créature, tu es à moi*, a répliqué Fred en pressant Rudolf contre lui.

La paume de sa main collée à plat sur sa bouche, Fred a renversé notre gros ami pour l'embrasser dans un élan fougueux. La vieille robe bleue, un peu mûre près des coutures, n'a pas résisté au brusque mouvement et a craqué dans un grand bruit sec tandis que Stevo, surgissant de derrière le divan où il se tenait caché, a lâché un cri perçant avant de mimer l'évanouissement.

— *C'est la voix de ma sœur de lait*, a pouffé Rudolf qui, n'en pouvant plus, a croulé sur le canapé, dans sa robe fendue de bas en haut, en se tenant les côtes.

Sarah, semblant soudain contrariée, a ramassé la copie du texte que Rudolf dans sa crise de fou rire venait de laisser tomber par terre et a parcouru rapidement les répliques qui venaient d'être jouées.

— Tu n'es même pas sur scène durant cet acte. Fred! Tu ne répètes pas ton rôle.

— Je le connais, mon rôle. Je le connais par cœur depuis des semaines. Je pourrais le jouer à moitié soûl, même frappé d'amnésie, ce foutu petit rôle merdique!

Sarah m'avait pourtant prévenue qu'on ne devait pas questionner Fred sur son rôle : ça le mettait en rogne, de mauvais poil pour la journée. Son impresario lui avait longtemps fait miroiter le premier rôle dans cette pièce de Musset que montait le Théatre du Nouveau Continent et il se retrouvait, gros Jean comme devant, en simple chef de chœur. «Un premier rôle, oui, tu parles, le premier rôle des gueux!» il avait hurlé au téléphone à Paquette, son agent, qui avait tout intérêt à lui trouver vite fait quelque emploi au cinéma ou dans un feuilleton télé s'il tenait à garder son jeune et ambitieux protégé. Le premier rôle des gueux! Ça rendait Fred furieux, lui qui continuait à croire que le rôle du jeune premier, celui du beau, du brillant Perdican lui était destiné. Ce rôle était fait pour lui. Il était Perdican.

— On est déjà costumées. Tu veux pas qu'on pratique les chœurs avec toi, Fred? j'ai offert gentiment.

— Vous ressemblez plus à des putes qu'à des paysannes, il nous a lancé avec mauvaise humeur.

— Quelle bande de rabat-joie vous êtes, vous, les gars! Y a jamais, jamais moyen de s'amuser avec vous! Vous êtes nés pour nous contrarier, on dirait, a pleurniché Sarah en se roulant en boule dans un fauteuil pour bouder à son aise.

— On s'amusait pourtant bien avant que vous arriviez!

— Ah! toi le dadamite, on t'a pas sonné!

— *Tous les hommes sont menteurs, inconstants, faux, bavards, hypocrites, orgueilleux ou lâches, méprisables et sensuels...* s'est mis à réciter Fred en se traînant sur le tapis jusqu'aux pieds de Sarah, *toutes les femmes sont perfides, artificieuses, vaniteuses, curieuses et dépravées; le monde n'est qu'un égout sans fond où les phoques les plus informes rampent et se tordent sur des montagnes de fange...*

En essayant de prendre dans les siennes ses mains

qu'elle gardait crispées sur un coussin et qu'elle refusait de lui donner, Fred a terminé sa tirade, l'œil charmeur.

— ... *mais il y a au monde une chose sainte et sublime, c'est l'union de ces êtres si imparfaits et si affreux.*

— C'est encore Perdican! Fred!!! elle a grondé en assénant sur sa belle tête noire une volée de coups de coussin.

Et ce fut le prélude à une autre, encore une autre, de leur lutte en corps à corps sur la moquette dont on commençait tous à se fatiguer, y compris la moquette qui souffrait maintenant par endroits d'usure prématurée.

Quand nos deux amoureux ont eu fini de se chamailler et de se bécoter pour se réconcilier, on a formé tous ensemble un chœur de putes et de travestis vachement postmoderne et on a déliré là-dessus en buvant du vin et de l'eau-de-vie jusqu'à tard dans la soirée.

*   *   *

On s'attendait, cette nuit-là, à être gardés éveillés par les cris et les halètements de nos ardents tourtereaux, mais, étonnamment, ils se sont endormis, pour une fois, sans leur habituelle séance de gymnastique. La situation commençait à devenir embarrassante. Après le coucher du soleil, on ne pouvait plus pousser une porte dans la maison sans risquer de les trouver tous les deux contorsionnés au fond d'un placard, dans la baignoire ou juchés sur les meubles et les radiateurs dans les poses les plus baroques. De peur de passer pour bigot ou d'être invité à prendre part à leurs ébats débridés, personne encore n'avait osé leur en parler. Leur comportement un peu leste gênait surtout Stevo, lui si prude, si inhibé, lui qui, la veille, avait déposé sur mon oreiller ce petit mot tristement révélateur de son impuissance à jouir de la vie.

Le réfugié incapable de trouver le plaisir Malgré un zèle substantiel

Pauvre Stevo. Allongée près de lui, les yeux grands ouverts dans l'obscurité, je songeais à son inconsolable tristesse, à ma propre incapacité de ressentir du bonheur, de lui en apporter ne serait-ce qu'une parcelle, qu'un semblant. Les yeux ouverts sur nos sombres misères, j'écoutais les bruits de la maison endormie : le ronron rassurant du frigo, le froissement des draps, le souffle lent des respirations... Je goûtais ce silence trop rare comme on goûte une liqueur fine, comme on respire une fleur unique. Dans cette calme et lucide insomnie, j'appelais le silence d'avant ma venue, le silence d'avant toutes choses, celui qu'on ne peut plus entendre. J'aurais voulu me fondre dans le noir, le vide et l'absence de tout, m'en aller doucement sur la pointe des pieds, les quitter tous, Stevo, Sarah, ma mère ; partir, disparaître dans la nuit noire, prendre la place d'une étoile suspendue entre le vide et l'immensité avec toute l'éternité pour m'oublier.

* * *

111

Je suis sortie de ma transe céleste aux environs de cinq heures quand Sarah est venue se jeter sur mon lit, totalement paniquée.

— Tiff! Réveille-toi! Fred est malade. Je sais pas ce qu'il a. Je pense qu'il vient de perdre conscience. Stevo! Viens m'aider à relever Fred. Viens! Il est dans la salle de bain.

J'ai tourné le bouton de la lampe. La lumière crue et violente m'a subitement fait émerger. Stevo s'est relevé péniblement sur ses coudes, et j'ai tout de suite vu à son teint verdâtre qu'il n'était pas lui non plus dans une forme olympique. Aussitôt assis, il s'est tourné vers le côté du lit et s'est mis à vomir à grands jets sur le plancher de la chambre. Je me suis précipitée dans la cuisine pour prendre un seau et des serviettes froides qui ont semblé le ramener à la vie, puis j'ai aidé Sarah à allonger Fred dans la baignoire.

Sur le divan du salon, là où il s'était écroulé en fin de soirée, on a retrouvé Rudolf dans un pire état que les deux autres: inanimé, l'écume au coin des lèvres. On a eu beau le gifler à tour de rôle avec un certain enthousiasme pour qu'il reprenne ses esprits, il oscillait toujours entre l'inconscience et la divagation quand les ambulanciers sont arrivés avec les trois brancards que Sarah, malgré son état de grande panique, avait eu la présence d'esprit de réclamer.

11

On s'empoisonne l'existence

— Toi, t'as pas été malade au moins ?

— Mais non, maman, légèrement incommodée, c'est tout.

— Mais avec quoi est-ce que vous vous êtes empoisonnés ?

— Avec des huîtres, maman. Des huîtres pas fraîches.

— Des huîtres ! Mais t'as jamais voulu en manger à la maison ! Tu disais que c'était bourgeois, les huîtres.

— Euh… non ! c'était pas des huîtres qu'on a mangées, j'ai bredouillé, c'étaient des moules. Je pensais « moules » et j'ai dit « huîtres ».

Debout près de moi à côté du téléphone, Sarah mimait des « oh là là ! tu l'as échappé belle ! » chaque fois que ma mère semblait avoir du mal à avaler mes couleuvres qui déjà se tortillaient dans le récepteur, causaient des bouchons dans le fil du combiné. C'était pas la peine qu'elle en rajoute. Je lui ai fait signe de s'éloigner un peu. Je me savais très peu douée pour le mensonge et ça m'intimidait de fausser la vérité devant une fabulatrice émérite dans son genre.

— J'ai jamais dit que c'était bourgeois, maman, j'ai dit que c'était gluant.

— Mais qu'est-ce que tu trouvais trop bourgeois, alors ? C'étaient pas les moules, justement ?

— Je ne sais plus, maman. Ça fait tellement longtemps. On s'en fout un peu, non ?

— C'était un crustacé, en tout cas. J'suis certaine que c'était un crustacé.

— Maman, les moules et les huîtres sont des mollusques, pas des crustacés. Les langoustes et le homard sont des crustacés…

— Ben, voilà! C'est ça! Le homard! C'est le homard que tu trouvais bourgeois!

— Maman… maman, tu m'écoutes!

J'ai tenu le récepteur à distance le temps que ma mère termine sa tirade sur les homards et la démocratisation de la cuisine bourgeoise.

— Maman! s'il te plaît! Je n'ai pas le temps de parler mollusque ce matin. Je viens de ramener Stevo de l'hôpital et je dois prendre soin de lui.

— Tu as réussi à le faire admettre à l'hôpital? Mais il n'a pas droit à l'assurance-santé, ton immigrant, à ce que je sache.

— On s'est débrouillés…

— Qu'est-ce que tu veux dire par «on s'est débrouillés»?

— On s'est débrouillés, c'est tout!

Je sentais que ma mère ne me lâcherait pas avant que je n'aie pu fournir une explication bien choquante sur laquelle elle pourrait se scandaliser et me faire au passage une couple de remontrances.

— On a emprunté la carte d'un copain.

— Tiffanny!!!

— Maman, je t'en prie. On en parlera plus tard, veux-tu? Je dois raccrocher maintenant. J'ai des choses importantes à terminer.

— Mais comment est-ce que tu me parles maintenant? Je te trouve bien insolente, ma fille! Je ne te reconnais plus, ces derniers temps. Qu'est-ce qui t'arrive, Tiffanny? C'est cette petite exaltée qui te monte la tête encore?

Par «exaltée», ma mère voulait parler de Sarah qu'elle n'avait jamais désignée autrement que par ce qualificatif moyenâgeux.

— C'est pas Sarah qui me monte la tête, maman, c'est Romain Gary!

Sarah, assise à la table, rigolait en se limant les ongles.

— Qui c'est, celui-là?

— Tu ne le connais pas, maman.

— Encore un de tes amis artistes? Je n'aime pas te voir fréquenter ce genre d'individus, Tiffanny. Avec cette manie qu'ils ont, ces soi-disant artistes, de tout remettre en question, de vouloir tout changer tout le temps. Ces gens-là ont trop de temps pour réfléchir, si tu veux mon avis. Déjà, s'ils travaillaient comme tout le monde…

— Maman! maintenant dis-moi pourquoi tu m'as appelée, je dois vraiment raccrocher.

— Tu n'as pas oublié pour demain?

— Non, maman, je n'ai pas oublié.

— Mon vol est à quatre heures. Tu dois venir me rejoindre à une heure. C'est entendu?

— C'est entendu depuis au moins un mois, maman!

— Tu ne vas pas m'oublier encore?

— On ne va pas revenir sur cette histoire. Non, je ne vais pas t'oublier. Oui, j'y serai. À midi même, si ça peut te rassurer. Bon, je raccroche maintenant.

— Une dernière chose, Tiffanny! Tu crois que je devrais apporter mon manteau de chinchilla?

— La Suisse, c'est pas le Groenland, maman. Et puis, tu pars en cure fermée; le mot le dit: «fermée». Tu vas à peine mettre le nez dehors.

— Tu as raison. Et puis, j'y pense… je crois avoir lu dans la documentation qu'on ne doit pas s'exposer au soleil durant la cure de fœtus de moutons, que ça peut provoquer des réactions indésirables. Mon Dieu, que c'est énervant tout ça!

— À qui le dis-tu!

— J'amène ma pelisse de martre, alors?

— C'est ça, amène ta pelisse de martre. (Si tu tiens vraiment à te la faire peinturer à la bombe aérosol par des militants écolos, j'ai pensé.) Je vais raccrocher maintenant. Au revoir, maman! On se voit demain… Demain dimanche… Midi et demi. C'est ça! Demain, midi… Oui, midi. Bye! Oui, maman… Je raccroche maintenant… Oui. Bye, maman! Bye!

Elle me tuait, elle me tuait. Lentement, à petit feu. Ma marmite était sur le point de déborder. Ma tête! Oh, ma tête! Seigneur, délivrez-nous du mal! Dans votre imprévisible et infinie bonté, mon Dieu, vous qu'on dit tout-puissant, vous qui avez donné aux mères le droit de vie ou de mort sur vos petits enfants, donnez-moi un couteau, une scie, des tenailles pour couper ce cordon invisible qu'elle m'a noué autour du cou, sur lequel elle ne cesse de tirer comme une damnée pour me faire étouffer; étouffer ma rage, mes désirs, mes envies de petite fille qui ne demande qu'à s'émanciper. Délivrez-moi, Seigneur. Je demande grâce, je crie pitié. N'y a-t-il jamais personne là-haut pour entendre nos plaintes…

De toute évidence, il n'y avait plus personne. Dorénavant, il fallait, semblait-il, se faire à tout, ne plus s'étonner de rien. Surtout ne rien attendre, prendre son mal en patience si on ne l'avait pas déjà perdue quelque part en chemin. Dans ce ciel sans Dieu ni saint laissés au bon vouloir des astres, les planètes se liguaient maintenant à leur gré contre les bêtes bêlantes et galeuses du zodiaque, s'acharnaient contre les lions rois de rien, les scorpions sans venin aux ascendants incertains. On ne pouvait plus compter que sur un changement de décan pour chasser le Malin. En maudissant ces planètes antagonistes revenues depuis le matin se battre dans mon orbite, je suis venue m'asseoir à table et j'ai pris ma tête entre mes mains. C'était encore un de ces jours mal lunés où on peut s'attendre à tout et à rien, mais surtout à rien de bien, un de ces jours où on ferait mieux d'aller se recoucher aussitôt levé après avoir rayé la mauvaise case sur le calendrier.

Le vin
étrangle
des *hommes*
pathétiqueS
pour arrondir
l'avenir

Le cancer
accable
l'agneau
sur *les* routes
d'un jour
nouveau

Tout **n'est** pas perdu

Dans une autre de ses tentatives pour me redorer l'humeur, Sarah venait de ramasser sur la table, entre les tasses à café sales et les cendriers combles, les derniers collages de Stevo, ceux qu'il avait faits à l'hôpital, des poèmes très beaux qui n'avaient pas encore rejoint les autres dans le tiroir de nos secrets. Elle a pris le premier sur la pile, comme ça, très à l'aise, comme on prend une cigarette dans le paquet d'un copain. Elle l'a lu à haute voix sur un ton qui ne convenait pas, et je me suis sentie gênée, comme si elle venait de nous surprendre, à son tour, en pleine indécence, dans une complète et totale nudité.

— J'suis pas certaine de tout comprendre, mais c'est très beau, elle a dit, un peu embarrassée à son tour... Ils

117

l'ont quand même échappé belle... les cons, elle a ajouté dans un ultime effort pour me changer les idées. Heureusement qu'on n'a bu que du vin blanc! Dis donc, qu'est-ce que t'as fait des bouteilles qui restaient?

— J'ai tout jeté dans le lavabo et j'ai démantelé l'alambic.

— T'as bien fait. Fred m'a dit que le doc à l'hôpital posait beaucoup de questions sur ce qu'ils avaient pu boire pour se mettre dans un état pareil. C'est pour ça que t'es aussi énervée?

— On le serait à moins, mais y a pas que ça...

J'ai expliqué à Sarah ma mésaventure de l'après-midi. En allant chercher Stevo à l'hôpital, j'avais eu affaire à un étrange individu dans le métro. Il était entré dans le même wagon que moi. Comme on se trouvait en pleine heure de pointe, il ne restait plus une place assise dans le train bondé. L'homme, que je soupçonnais de me suivre depuis un moment, s'était posté debout près des portes du fond. Je me tenais à la barre centrale, dos à lui, en serrant mon sac contre moi, persuadée qu'il s'agissait d'un pickpocket qui avait décidé de me dépouiller. Tout doucement, sans même que je m'en aperçoive, l'homme s'était rapproché. Quand j'avais réalisé qu'il se trouvait derrière moi, il se tenait déjà à une distance anormalement proche, me frôlait presque. Je m'étais suis alors retournée, et j'avais croisé son regard fixé confusément sur moi, un regard trouble, inquiétant, comme brouillé par un désir étrange. Bizarrement, on aurait dit qu'il ne pouvait voir plus loin que les limites du tissu de ma robe, qu'il ne percevait que la masse rouge qu'elle formait. Puis j'avais vu ses yeux se révulser, sa bouche s'entrouvrir pour lâcher un petit râle, un genre de soupir de détente, de satisfaction, tandis qu'il effleurait le bas de ma jupe.

— Tu vas pas en faire tout un plat! Autant t'habituer tout de suite, Tiff, ou ne plus sortir de la maison. La ville est remplie de maniaques et de pervers. Y reste peut-être plus que Stevo et toi à baiser encore l'un sur l'autre en missionnaire.

Elle y allait un peu fort encore. Elle s'est excusée, une fois de plus, de m'avoir vexée et j'ai tenté de lui expliquer, même si je n'avais plus vraiment envie de me confier, ce qui m'avait tant troublée dans cette curieuse rencontre.

— J'en fais pas un plat, Sarah, mais j'ai trouvé étrange le fait que l'homme ne semblait s'intéresser qu'à la robe, et pas à moi. C'est de la robe qu'il voulait s'approcher, c'est elle qu'il voulait toucher.

— C'est un fétichiste, c'est tout !

— Je sais bien que c'était un fétichiste ! Mais nous dans tout ça, on est quoi, alors ?

— Comment, on est quoi ?

— Je veux dire, par rapport, on est quoi, nous ? Des fétichistes de l'âme ?

— Ça t'ennuierait d'être plus claire ?

— Ce que je veux dire c'est que… nous deux… on s'est éprises d'un homme dont on admire l'intelligence, la sensibilité, l'esprit mais qui n'a plus d'existence physique, tandis que l'homme du métro, lui, ne s'intéressait justement qu'à l'enveloppe, qu'à la surface… Ce que j'me d'mande c'est… au bout du compte, qui, de nous ou de lui, est le plus tordu ?

— Tout le monde est tordu, Tiff… et tu réfléchis trop. Tu réfléchis trop et tu baises pas assez !

— Ben alors, si trop, c'est comme pas assez, pas assez, c'est comme trop et on est dans le même bateau, si tu vois ce que je veux dire.

— Je ne vois pas, non. T'essaies de faire de la poésie, toi aussi ?

— Tu comprends très bien ce que je veux dire. Et pour une fois, si tu pouvais arrêter de fronder, on essayerait de se parler franchement, toutes les deux !

Ma colère soudaine, rare, pour ne pas dire unique, dans les annales de notre amitié, nous a surprises l'une comme l'autre. Pendant un moment, Sarah a paru littéralement pétrifiée. Raide sur sa chaise, elle me regardait avec ses grands yeux verts comme un nain de jardin au milieu d'une pelouse en hiver. Pour réussir à dire jusqu'au bout ce que je me retenais depuis trop longtemps d'exprimer, j'ai tâché d'oublier mes genoux qui claquaient sous la table comme des castagnettes et les battements de mon cœur qui ne pouvait s'empêcher de suivre la cadence.

— J'en ai plus que marre, Sarah, que tu ramènes la baise comme unique solution à tous les maux de la terre quand tu n'es même pas capable d'admettre que, chez toi, le cul est un réel problème. On en a tous marre ici de vous voir vous peloter sans arrêt, de vous trouver vautrés dans tous les coins... Même le soir où on a fait le souper de fruits de mer, même ce soir-là, vous n'avez pas été foutus de vous retenir un peu. Je vous ai observés pendant que vous nettoyiez les calmars, Fred et toi. Je vous ai vus enfoncer vos doigts dans leur corps visqueux, vous exciter avec ces pauvres bêtes en faisant des allusions lubriques. Un peu plus et vous vous mettiez à forniquer sur le sol au pied de l'évier. Ça va pas, Sarah ! Y a quelque chose de vraiment pas sain dans votre truc. Tout ce que vous faites, Fred et toi, c'est baiser. Vous ne sortez jamais ensemble ; intellectuellement, tu ne le trouves pas stimulant ; il ne te fait pas rire : vous partagez en fait peu de choses, mais vous baisez comme pour vous inscrire au *Livre des records Guinness*. Ça n'a pas de sens, Sarah. C'est compulsif, destructeur, décadent et débile, votre affaire, sans compter que, pour tout le monde autour, c'est franchement dérangeant...

Estomaquée, elle est restée un moment la bouche ouverte puis a baissé la tête comme une pénitente, comme une pécheresse qui, après avoir reçu la première pierre, se prépare à recevoir le reste de la volée.

— Je sais. Je sais tout ça, elle a fini par dire à voix basse, penchée vers moi comme auprès d'un confesseur, mais, depuis que je suis avec Fred, c'est comme si je voyageais dans un train à grande vitesse, que le paysage défilait très vite, très coloré, que les impressions se succédaient sans cesse, toujours nouvelles, plus vives, plus excitantes...

— C'est un train d'enfer qui ne mène nulle part, Sarah.

— Tu n'as pas besoin de me le dire, je le sais… Je sais aussi que le jour où il va me quitter, parce que c'est lui qui va me quitter, ce jour-là, ce sera comme d'être jetée en bas du train en marche. Je me ferai mal, je serai gravement blessée, je le sais aussi… mais c'est au-dessus de mes forces de décider d'en descendre maintenant, tu comprends ?

Je ne comprenais pas, alors j'ai fait comme si, j'ai fait semblant, mais on se connaissait trop bien maintenant pour s'en faire accroire.

— Ne me juge pas, Tiff, ne me juge pas trop durement. C'est chacun sa dépendance : toi c'est la mort, moi c'est le cul. Éros et Thanatos… C'est pas d'aujourd'hui… Mais peux-tu comprendre que quand on n'arrive pas à trouver l'amour véritable, un désir très fort, même maladif, ça peut parfois faire illusion ?… Mais, dans ces cas-là, tu vois, du désir, ça en prend beaucoup pour remplacer l'amour, ça en prend des tonnes… En fait, c'est jamais assez, jamais vraiment suffisant…

Elle s'est tue. Ça a duré longtemps, plus longtemps qu'aucun silence n'avait jamais duré entre nous, sans malaise, sans que sa peur du vide lui commande aussitôt de le meubler. Ce n'était pas coutumier, même que, pour une rare fois, c'est moi qui ai parlé la première.

— Tu ne m'avais jamais parlé comme ça, Sarah.

— Toi non plus, Tiff, tu ne m'avais jamais engueulée comme ça.

Puis encore un silence, un long moment sans dire un mot, comme si elle commençait à y prendre goût, comme si elle découvrait qu'on pouvait y reposer son esprit, s'y laisser couler doucement comme durant une accalmie sur l'océan. Se ressaisissant, elle a gonflé ses voiles, largement, a inspiré tout l'air de la pièce pour le ressouffler dans un immense soupir de soulagement, puis elle m'a souri, avec un sourire d'amitié, sincère et franc, avec plein de tendresse dedans.

— C'est pas joli joli quand tu te mets en colère, elle a fini par dire en riant.

— Moi je trouve ça plutôt touchant quand tu te mets à parler avec sincérité.

— Qu'est-ce que tu veux, dans ma famille, on est fait comme ça : on peut montrer son cul à tous les coins de rue sans aucune gêne, mais, ses sentiments, on les garde cachés comme les seins d'une nonne.

— T'es conne !

* * *

Les gars ne méritaient pas une fête pour s'être empoisonnés, mais on sentait l'air de la maison puant, vicié, comme dans les vases clos, comme dans les bordels en fin de journée. Fallait aérer, ouvrir et faire partager au plus grand nombre ce petit corps incestueux, cette communauté de biens, de bien peu de choses en fait, mais enfin... *Long time no see. Qu'est-ce que tu deviens ? On fait un party, tu viens ?* On a invité les quelques gueules d'atmosphère qui se rappelaient à notre bon souvenir dans nos petits calepins de téléphone pas ouverts depuis des mois, puisque se trouvaient à un jet de voix tous ceux qu'on avait besoin d'appeler — appeler à l'aide, à la rescousse ou pour dire : « Viens souper. » Isolés ensemble depuis trop de temps dans cette malsaine intimité, on s'était retrouvés les uns les autres à ce point liés qu'on ne pouvait plus départager les sentiments, tout s'était emmêlé ; on ne savait plus à qui les secrets, les ennuis et les peines, vécus collectivement, appartenaient réellement. On se retrouvait, au propre comme au figuré, devant un énorme tas de chaussettes à appareiller.

Une fois les appels lancés, on a fait la liste de ceux qu'on avait réussi à recruter. On en avait de tous les genres : des bons vivants, des déprimés, des fêtards professionnels, des couples, des esseulés, bref, tout ce qu'il fallait pour produire quelques chocs et faire une bonne soirée. Du carnet mondain de Fred sont sortis quelques drôles de numéros : un couple d'acteurs gais éperdus d'admiration mutuelle, un humoriste en représentation continue et trois irritantes starlettes de feuilleton télé qui jetaient de la poudre aux yeux comme on lance du poil à gratter. Du bien beau monde, à l'ego bouffi, bien gonflé, tous issus de l'écurie de Paquette qui veillait avec un soin jaloux sur chacune de leur destinée. L'impresario des impresarios, le poupin Paquette en personne, nous a même fait l'honneur de sa présence apparemment rare et recherchée par tous les artistes en mal de renommée et de gloire, par toutes les vedettes en puissance que la ville pouvait compter, parce qu'il avait un don, le poupin Paquette, paraît-il, du flair, des moyens et surtout de l'ambition, une étonnante et monstrueuse ambition par personnes interposées.

Toute la soirée, le déplaisant gérant, dont la seule envergure, à mon sens, consistait à occuper deux larges places dans le canapé, s'est laissé servir à boire et à manger par ses petits poulains, ses gentils protégés qui rivalisaient de charme et de servilité pour rester dans les bonnes grâces de celui qui allait les sortir de l'anonymat, qui étirerait leurs quinze minutes de gloire jusqu'à l'absolue célébrité. Et ils riaient, tous, d'un rire faux et exagéré, de ses blagues nullissimes d'une platitude à se dessécher la rate.

— Hey, le Romain! tu nous reverses de ta fameuse ciguë?

«Si la première fois, ça nous a pas fait rire, c'est pas parce qu'on n'a pas compris», on avait envie de dire à Paquette qui nous resservait la même blague fumeuse entre chaque tournée, comme si c'était le premier et le dernier trait d'esprit qu'il réussirait à faire de sa vie. Fred était Sicilien, pas Romain, mais là n'était pas la question; l'humour s'accommode généralement bien de ce genre de torsion, mais toute farce potentiellement comique tombait à plat, venait s'écraser sur le sol en sortant de la bouche de cet homme suffisant, vaniteux, lequel avait toutefois la prévoyance de s'entourer d'une suite complaisante qui déclenchait au moment opportun des rires en boîte d'une parfaite synchronicité. Mais, en vérité, aucun esprit libre et désintéressé n'aurait eu envie de mêler son rire à celui de Paquette, encore moins sa conversation à la sienne, banale et bourrée de clichés parmi les plus éculés et les plus bêtes. Sur un vol transatlantique, n'importe quel être humain normalement constitué choisirait une place dans la soute ou sur l'aile plutôt qu'un siège au côté d'un tel homme. Pour tout dire, même le bol de Pretzels qui avait transité entre ses mains, t'avais pas envie d'y toucher. S'agissait de se tenir loin, pour éviter de se faire emmerder.

Au milieu de la soirée, Sarah a eu la brillante idée de mettre Rudolf dans les pattes de Paquette. Entre emmerdeurs, ils pouvaient s'entendre ou nous donner à voir une bataille de coqs mémorable, du genre qu'on raconte longtemps dans les veillées au coin du feu. On a cherché le dadamite partout, mais, apparemment, il nous avait déjà faussé compagnie. Dommage. On aurait bien aimé voir ce que ça aurait pu donner. Pour compenser, on s'est amusées un moment à créer d'autres laboratoires vivants : on a mis ensemble une des starlettes et un spécialiste des sectes qui discourait sur la montée des croyances apocalyptiques en fin de millénaire, mais comme le pauvre était à demi chauve, pas très dans le coup et visiblement fauché, la coquine s'est rapidement éclipsée, prétextant un besoin impérieux d'aller se trémousser au salon sur le dernier hit de l'heure. On a eu plus de succès avec le couple de comédiens gais qu'on a présentés au père de Sarah et à son fiancé. Au bout d'une heure, ils planifiaient déjà un petit voyage de groupe dans un club nudiste quelque part dans les Caraïbes en se donnant du «ma chérie», «mon chéri».

Vers deux heures du matin, lassées de toutes ces mondanités, on s'est retrouvées dans la cuisine, Sarah et moi, avec la même envie d'aller se faire un brin de lecture au lit. Comme ces hommes qui souhaitent après l'amour voir leur maîtresse se transformer en table à cartes avec quatre joueurs autour, on rêvait de les voir tous disparaître, se volatiliser pour aller jouir ensemble de notre petit plaisir solitaire. Appuyées contre la porte du frigo, on se tâtait pour savoir si on allait soigner notre crise de misanthropie au gin ou si on attaquait la bouteille de blanquette qui restait encore au frais quand soudain Sarah, debout devant moi, a bondi en lâchant un cri perçant. Il était là, juste à côté, tout près, derrière la moustiquaire de la porte qui donnait sur la ruelle. C'était lui, à n'en pas douter, le fétichiste du métro, braquant sur la petite robe rouge, que mon amie portait à son tour ce soir-là, ses yeux brillants d'un éclat fanatique. Sarah a à peine eu le temps de se retourner que déjà l'homme avait disparu dans le noir.

12

On ne patine pas avec l'amour

— Comment il a pu savoir où Tiff habitait, ce maniaque ?
— Tu le connais ce type, toi ?
— Et pourquoi il fait une fixation sur cette robe ?
— À qui elle appartenait ?
— Qui te l'a donnée ?
— On t'a pas vu ces jours-ci, où est-ce que t'étais passé ?

Le gros Rudolf, adossé contre le mur de la cuisine comme un condamné devant le peloton, se faisait mitrailler de questions en rafales désordonnées. C'était tout de même incompréhensible, cette histoire. Comment l'inconnu du métro avait-il pu me retrouver ? Il ne m'avait pas suivie jusqu'à la maison ce jour-là, j'en avais la certitude. Et tout cela s'était produit très loin, à l'autre bout de la ville, dans un tout autre quartier. Comment cela pouvait-il s'expliquer ?

— Il t'avait peut-être suivie plus tôt que tu ne le crois. Il t'a peut-être vue sortir de la maison.

Pas bête, l'animal. Mais s'il pensait s'en tirer avec une seule bonne réponse… il ne s'agissait tout de même pas d'une question d'habileté dans un concours publicitaire : treize plus sept moins dix égalent quoi, mon bon monsieur ? Dix ! Ouiiiiiii ! Vous venez de gagner un week-end pour deux au Hilton d'Honolulu… On n'avait pas l'intention de lâcher Rudolf avant qu'il ne crache le morceau.

— Mais dis-nous tout de même d'où elle vient, cette robe.

— Mais je sais pas d'où elle vient, merde! C'est du harcèlement moral, à la fin.

— Tu dois bien te rappeler qui te l'a apportée.

— J'ai ramassé des tonnes de fringues cette semaine-là, dans deux maisons de richardes et dans un hospice pour personnes âgées...

— Justement, c'était la seule robe qui n'était pas ancienne.

— Ouais, même qu'elle était assez récente, plutôt moderne.

— Et rouge aussi...

Sarah, les sourcils froncés, a semblé faire un intense effort de réflexion. Le front barré d'un grand pli, elle a jeté sur notre gros ami un œil noir de grand inquisiteur méditant la question qui allait fatalement démasquer l'hérésie.

— Tu ne connaîtrais pas, par hasard, une certaine Lady?

— Lady qui? Lady Marmelade? Lady Macbeth? Lady Godiva?

— Lady, Lady. La fille en rouge qui traîne au Boucan.

— Ouais, je vois de qui tu parles.

— Ce serait pas elle qui t'aurait donné la robe, par hasard?

— Qu'est-ce tu racontes? Je la connais à peine, cette fille.

— Et t'étais où l'autre soir?

— Bon, ça suffit comme ça. Vous arrêtez de me harceler ou je porte plainte pour atteinte à la vie privée. Laissez-moi passer.

Le gros dadamite nous a écartées de son chemin en nous marchant sur les pieds pour se précipiter dans la salle de bain que Fred occupait depuis des lustres et qu'on attendait tous avec impatience de voir se libérer. Une fois que Rudolf s'y est à son tour enfermé, on a décidé d'un commun accord qu'il serait plus sage de se soulager dans l'évier plutôt que de risquer de répandre sur le lino de la cuisine le contenu de nos deux vessies qu'on commençait décidément à prendre pour des lanternes dans cette maison.

Après avoir vu au plus pressé, on s'est mises en frais de se préparer. Avec toutes ces contrariétés, on avait presque oublié qu'on était de sortie. Car oui, le grand soir où Fred allait brûler les planches, se consumer d'amour-propre sous les feux de la rampe, ce soir-là était enfin arrivé. Et grâce au ciel ou à Dieu sait qui, son souhait le plus ardent allait se réaliser : il ne serait pas figurant, non, il tiendrait la vedette, il serait Perdican. Tombé malade subitement après la dernière répétition, à quelques heures à peine de l'avant-première, le jeune premier vomissait ses tripes. Tiens donc ! Et Fred, ce brave Fred, qui connaissait le rôle à l'endroit et à l'envers comme s'il en avait brodé toutes les fioritures, allait, dans sa grande bonté, remplacer le malade à pied levé, il jouerait avec Marinette Orlandi devant le parterre de critiques et de gens du métier que Paquette et sa redoutable équipe de relations publiques avaient réussi à paqueter jusqu'aux corbeilles. « Ah ! ma chère ! vous êtes venue. — Oui, quel malheur pour ce pauvre... comment s'appelait-il déjà ? — Vous reprendrez bien un verre de notre fameuse ciguë ? » J'entendais ça d'ici.

Et Fred n'en finissait plus de se toiletter, de se coiffer, de se parfumer, de se mirer, de se rafraîchir l'haleine et de se remirer... Lorsque l'œuvre a eu atteint sa perfection, sans dire un mot, sans même nous regarder, il nous a laissé sur les bras, comme à ces caméristes dont on ne fait guère de cas dans les loges, pantalons, caleçons et multiples chemises qui n'avaient pas trouvé grâce à ses yeux déjà remplis d'étoiles.

— Bonne chance, Fred !

— Oui, bonne chance ! on lui a tout de même dit alors qu'il s'apprêtait à sortir côté cour.

— Ah ! les incultes ! Vous êtes une fameuse source d'ignorance à vous deux ! il nous a lancé avec mépris. On ne dit jamais « bonne chance », on dit le mot de Cambronne, on dit « merde », merde !

— Ben, merde alors !

— Merde !

Il était temps qu'il parte. Un peu plus et le grand Perdican gonflé à bloc n'arrivait plus à passer dans l'embrasure de la porte.

— Stevo. Tu ne te prépares pas?

Blotti dans un coin du divan depuis le début de l'après-midi, mon pauvre amour tournait et retournait dans ses mains tremblantes une lettre de son pays dont la lecture semblait encore une fois l'avoir bouleversé. «Je crois que ce sera mieux si vous y allez sans moi», il a répondu avec une infinie tristesse au fond des yeux. Quand il se trouvait dans cet état, je savais qu'il valait mieux ne pas insister. On irait sans lui. On irait seules toutes les deux, car Rudolf, qui de toute manière, disait-il, trouvait ce genre de théâtre trop bourgeois, comme moi le homard et le foie gras, a décidé par solidarité ouvrière de rester à la maison pour aider Stevo à filer son mauvais coton. «Prolétaires de tous les pays, unissez-vous!» On commençait à connaître la chanson.

* * *

«Excusez-moi de vous déranger! Excusez-moi, madame! Excusez-moi, monsieur! Excusez-moi! Excusez! Excusez! Excusez! G12, G14, G16. Ça y est, c'est ici! Excusez! Excusez! Excusez!»

Fred nous avait réservé des places au centre d'une rangée peuplée d'abonnés fidèles et ponctuels qui ne semblaient pas du tout priser les retardataires et les non-initiés dont de toute évidence on faisait partie: on n'avait ni les manières, ni la tenue, ni même les moyens de faire comme si, si on avait voulu. Empêtrées dans nos manteaux qu'on avait négligé de déposer au vestiaire, on a mis un peu de temps à nous installer, à ranger nos billets, à trouver une place où mettre nos sacs, à démêler toute la paperasse qu'on nous avait remise au guichet, tandis que ces messieurs-dames, malgré nos excuses répétées et l'emploi civilisé de la deuxième personne du pluriel, continuaient de soupirer dans leurs fauteuils de velours en reprenant l'air et la pose affectés qu'ils avaient avant qu'on ne vienne troubler leur méditation sereine : madame, ses mains soigneusement croisées sur le programme, le programme posé en équilibre sur les genoux ; monsieur, ajustant ses lorgnons ou se prenant la tête dans la main comme le penseur de Rodin.

Quand on a eu fini de remuer, on a pris à notre tour la pose de statue de sel qui semblait être de mise dans ce haut lieu de la culture, et on est restées comme ça, figées, à écouter le concert de petites toux nerveuses et de raclages de gorge qu'émettait le public bienséant pour marquer poliment son impatience. Après cinq minutes de cette insupportable fixité, n'en pouvant plus, Sarah s'est remise à gigoter de plus belle.

— J'ai le trac pour lui, c'est fou ! Depuis qu'il a quitté la maison, j'ai comme un curieux pressentiment.

— T'en fais pas, je l'ai rassurée, j'suis sûre qu'il va bien s'en tirer. Ça raconte quoi, la pièce, en gros ? j'ai demandé pour tromper sa nervosité.

— C'est l'histoire de Camille et Perdican qui se retrouvent à leur majorité car leurs parents ont décidé de les marier. Mais Camille qui vit au couvent a plutôt choisi de rentrer chez les bonnes sœurs parce qu'elle ne croit plus à l'amour des hommes.

— Ça m'a l'air excitant !

— Ça le devient dans le troisième acte… Perdican, qui sait que Camille l'aime au fond, essaie de la rendre jalouse en courtisant Rosette.

— Rosette ! C'est pas un nom de fille, ça, Rosette ! On dirait un nom de vache !

— Ben, justement, la Rosette en question est fermière et comme lui est fils de baron et qu'il est éduqué, ça cause tout un scandale quand il annonce qu'il va épouser une gardeuse de dindons. En fait, il se fout un peu de sa gueule, à Rosette. Quand il lui dit qu'il l'aime et qu'il va l'épouser, c'est seulement pour rendre l'autre jalouse, tu vois. En gros, c'est à peu près ça.

— C'est dégueulasse!

«Chut!!!! S'il vous plaît, on n'est pas au cirque ici!»
On s'en doutait bien, qu'on n'était pas au cirque, merde,
mais on n'était pas non plus dans un cimetière suisse,
fallait pas exagérer. «Je vous dis le mot de Cambronne,
monsieur!» Bravo, Sarah! C'était bien envoyé. Toc, toc,
toc! Les lumières se sont éteintes, le rideau s'est levé, nous
empêchant de justesse de déverser sur le triste individu
notre fameuse source d'ignorance et d'impolitesse en un
torrent sauvage qu'on aurait eu peine à endiguer.

De l'autre côté de la rampe, dans un décor minimaliste
en trompe-l'œil biscornu, le chœur et une bande de
vieillards venaient de faire leur apparition. Pendant un
temps infini, ils ont discuté, avec beaucoup plus de mots
qu'il n'en fallait, si tu veux mon avis, du retour prochain
de Perdican-l'enfant-prodigue, la «si gracieuse personne»,
«le diamant fin des pieds à la tête» qu'on souhaitait marier
à Camille, sa cousine, plus merveilleuse que lui encore, la
meilleure chrétienne de son couvent, une fleur de sagesse
et de dévotion, un ange, un agneau, une colombe, une
vraie ménagerie ambulante à les entendre parler. À force
d'écouter vanter les mérites de ces deux êtres d'exception,
la salle ne se tenait plus d'impatience de les voir se poin-
ter, d'autant plus qu'on commençait tous à en avoir assez
du verbiage creux et des phrases tarabiscotées de cette
bande de grabataires qui sévissaient sur scène depuis un
long quart d'heure.

Lorsque le promis et la promise ont finalement fait leur
entrée, en même temps, chacun de leur côté, la scène en a
été comme illuminée. Les spectateurs ont retenu leur
souffle, puis une rumeur de chuchotements, de ho! et de
ha! admiratifs s'est levée dans la salle. «C'est elle, c'est
Marinette Orlandi», murmurait l'impertinent à ses voisins
de rangée. «Vos gueules! On est pas dans une fête foraine!»
a grommelé Sarah entre ses dents serrées, tandis que le
sublime Perdican s'avançait tout sourire vers l'éblouis-
sante Camille.

Lorsqu'ils sont arrivés l'un devant l'autre, qu'ils se sont regardés, on aurait dit tout à coup que le théâtre venait de se vider, qu'ils se trouvaient seuls tous les deux dans un désert doré, un lieu surnaturel où personne ne pouvait les rejoindre. Une décharge d'électrons est passée entre eux quand Fred a parlé, et tout le monde a retenu son souffle. «Comme te voilà grande, Camille, et belle comme le jour!» Elle était belle, y avait pas à y revenir. Dans sa longue aube de couventine, avec son petit bonnet qui encerclait son visage lisse et parfait, elle paraissait si douce, si pure, la Marinette, elle qui à la ville, contrairement à la scène, passait pour une fameuse baiseuse, une salope confirmée. Mais dans ce noble théâtre, avec ses manières d'ingénue, de jeune fille effarouchée, ses airs de sainte nitouche qui se retient d'y toucher, elle gagnait en charme et en respectabilité. Dès qu'elle a paru sur scène, auréolée de son prestige et de ces anciennes vertus, j'ai senti Sarah se tendre comme un arc; son visage s'est figé dans une expression d'inquiétude mêlée d'hostilité. Dès cet instant, elle n'a plus détaché son regard de la jeune première, l'a suivie dans tous ses déplacements, l'a scrutée comme pour la mettre à nu, cherchant le défaut, la faille qui aurait pu déprécier sa valeur à ses yeux et calmer son angoisse, elle guettait l'imperfection, attendait la maladresse qui allait la disqualifier comme rivale, la rendre, d'entrée de jeu, nulle et non avenue. Mais Marinette était parfaite, inégalable, positivement dure à battre. Le constat était brutal. La lutte, elle le sentait, et moi aussi, serait inégale et féroce.

À la fin de la première partie, quand Fred a lancé à Marinette sa fameuse tirade, la même qu'il lui avait faite, à elle, avec tant de passion: *Tous les hommes sont menteurs, inconstants, faux... Mais il y a au monde une chose sainte et sublime, c'est l'union de ces deux êtres...*, Sarah a changé de couleur, est devenue pâle, livide. S'être trouvée à cette époque où les femmes s'évanouissaient à la moindre émotion, je crois bien qu'elle aurait perdu conscience. Ne pouvant en supporter davantage, elle a plutôt choisi de se lever. Avant même que le rideau n'ait effleuré le sol, que la foule des spectateurs n'ait commencé à applaudir, elle remontait déjà l'allée qui menait au grand hall. «J'ai besoin d'un peu d'air», elle a seulement dit avant de s'éclipser.

*   *   *

«Excusez! Excusez-moi! Excusez-moi!» Quand Sarah est revenue après l'entracte, elle semblait s'être ressaisie, avoir repris son air de combat. «Exusez-moi! Excusez-moi! Je sais bien que les cochons, vous et moi...»

— Putain, Tiff! le patron a laissé un message sur le répondeur, elle a dit, énervée, en se laissant tomber lourdement dans son fauteuil de velours.

— Qu'est-ce qu'il voulait?

— Il demande à nous voir demain sans faute à son bureau.

— Au bureau un samedi? je me suis étonnée.

— C'est sûrement au sujet des plats cuisinés.

— Tu penses?

— Je ne pense pas, j'en suis sûre. Il a parlé de la visite d'un inspecteur du ministère des Viandes ou de la Salubrité... j'ai pas trop bien compris. D'après son ton, il était en beau pétard, complètement survolté. Il nous attend à neuf heures pile avec la camionnette.

— *Shit*!

— Comme tu dis.

— Stevo n'était pas à la maison?

— Apparemment, non. Mais y avait un message pour lui, un certain Anton ou Éton, un nom barbare...

— Anton. C'est le patron du café.

— Il demandait que Stevo le rappelle d'urgence.

— Ah bon.

Toc, toc, toc! Le rideau s'est à nouveau levé et la pièce s'est poursuivie dans un ridicule et interminable chassé-croisé. Inutile de te dire qu'on n'avait plus tellement la tête à ce genre d'inepties. Ignorant le drame qui se jouait dans la salle, Fred en Perdican a d'abord déclaré son amour à Rosette; Camille, cachée derrière un arbre, a tout entendu et a pris le mors aux dents. Puis Perdican, en vraie girouette, a avoué à Camille qu'il n'aimait pas vraiment Rosette; la pauvrette, cachée derrière un rideau, a tout entendu et s'est évanouie. Camille et Perdican se sont finalement déclaré leur amour dans une chapelle ardente; Rosette, cachée derrière l'autel, a tout entendu, s'est évanouie, s'est frappé la tête contre le sol, est morte, et ça s'est fini là.

Le public, qui semblait avoir hautement apprécié ces facéties, a applaudi à tout rompre en criant des «encore» et des «bravo». Les acteurs ont rapidement repris leurs esprits, on a ressuscité la pauvre cocue, les vieux sont sortis des coulisses et tous sont venus saluer sur le devant de la scène dans une belle et franche camaraderie. Tout le monde semblait émerveillé, subjugué, ravi. Lorsque les deux vedettes se sont enfin approchées pour faire à leur tour leur salut, la salle entière s'est levée, tout d'un bloc, pour les ovationner.

Debout, crispée, au milieu de la foule en délire, Sarah fixait obstinément la main de Fred qui tenait celle de Marinette, la pressait, la serrait à lui en faire péter les cartilages et les veines.

* * *

— T'as vu comment il la regardait. T'as vu?

— Attention, Sarah! Tu vas finir pas tuer quelqu'un.

Aveuglée par la colère, elle brûlait les feux rouges, négligeait de s'arrêter aux intersections, roulait à cent milles à l'heure sur les lignes droites en débordant sur la voie opposée : un vrai danger public, une sérieuse menace pour la société.

— Je le tuerai! Je le tuerai!

— Sarah, regarde où tu vas!

Agrippée de toutes mes forces à mon siège, je priais

pour qu'une voiture de police nous prenne en chasse, que les forces de l'ordre nous arrêtent avec autorité, qu'on retire son permis à cette chauffarde hystérique en me permettant de rentrer à la maison à pied d'une seule pièce.

— Elle aussi, je vais la tuer, tu m'entends! Ils rêvent de faire la première page des journaux, ben ils vont être servis, ma fille! Je vais les tuer tous les deux.

— Mais il n'a encore rien fait!

— Rien fait!!!

Elle a freiné si brusquement que j'ai failli me retrouver compactée au fond du cendrier.

— Mais t'as vu avec quel mépris il m'a traitée. T'as vu?

Bien sûr que j'avais vu. J'avais tout vu, tout senti comme elle. Après la pièce, un molosse nous avait interdit l'accès aux loges sous prétexte que Mme Orlandi recevait des journalistes, on avait poireauté dans le hall durant presque une heure pour, à la fin, nous faire renvoyer comme des malpropres, de vraies pestiférées. « Vous devez vous lever tôt demain ? J'irai dormir chez moi ce soir, alors. Ne m'attends pas, Sarah », qu'il a dit, le salaud, le temps d'une brève apparition, le temps de donner à Sarah son petit baiser de Judas et de disparaître pour aller rejoindre le reste de la troupe qui l'attendait déjà devant la sortie des artistes.

— Je ne me suis jamais sentie aussi humiliée! Je le déteste! Je le déteste! Je le déteste! elle a hurlé en redémarrant sur les jantes car on avait déjà perdu les chapeaux de roues.

Après avoir failli emboutir la borne-fontaine et la clôture du voisin, elle a fini, Dieu merci, par atterrir dans l'allée près de la maison où elle a garé la camionnette de travers, un pneu sur le trottoir, les autres sur la chaussée, et est sortie en claquant la portière si fort qu'elle a failli à son tour sortir de ses gonds. Question de les laisser seuls un moment, elle et son sale caractère, et de me ressaisir un peu, j'ai stationné le camion dans un axe raisonnable, puis j'ai attendu, pour permettre à mon rythme cardiaque de revenir à la normale et me faire doucement à l'idée que j'étais toujours de ce monde.

Aucun trottoir, je t'assure, ne m'avait jamais paru plus accueillant que celui sur lequel j'ai posé le pied en sortant de ce foutu engin qui avait failli devenir mon tombeau. Un peu plus et je m'agenouillais pour baiser le sol comme Sa Sainteté, mais le boucan que Sarah menait toute seule à l'intérieur de l'appartement ne m'a pas paru tout à fait propice au recueillement. Je suis donc allée d'un pas ferme mettre un terme au grabuge avant que les voisines excédées ne sortent en robes de chambre, armées de rouleaux à pâtisserie.

En entrant dans la maison, j'ai trouvé Sarah en train de saccager sa chambre, d'éventrer les oreillers dans une crise de rage grave. Sans faire ni une ni deux, je me suis précipitée sur l'armoire à pharmacie dans l'espoir d'y trouver un tranquillisant, un anesthésique, un purgatif ou n'importe quelle substance susceptible de la mettre hors d'état de nuire. À défaut d'autre chose, deux comprimés de Morphée extra-forts écrasés dans un petit verre de gin m'ont semblé pouvoir faire l'affaire. C'était ça, ou lui asséner sur la tête un grand coup de poêle à frire, solution que j'ai tout de même gardé en réserve en cas d'échec de la première méthode.

Heureusement, mon petit cocktail n'a pas tardé à produire ses effets. Une demi-heure à peine après l'avoir ingurgité, Sarah commençait déjà à cogner des clous, à piquer sérieusement du nez. Je l'ai couchée toute habillée, j'ai pris à mon tour un comprimé et me suis allongée à ses côtés pour la veiller, car, malgré son élocution sérieusement ralentie au sortir de sa bouche molle et pâteuse, elle insistait pour que je lui tienne la main et qu'on continue à parler jusqu'à ce qu'elle finisse par s'endormir.

— Tu, tu penses qu'elle était heu... heureuse, Seberg, avec Gary ?

— Les femmes heureuses, on ne les retrouve pas mortes d'overdose entre deux sièges d'auto...

À son regard flou, à son air désorienté, j'ai eu l'impression que mon image et la pièce tout entière commençaient à valser devant ses yeux comme du linge de couleur dans le tambour d'une machine à laver.

— Mais tu... tu penses, qu'elle a déjà été heureuse, Se... Seberg, avec Ga... Ga... ?

— Je ne sais pas. Qui peut le dire ? Ferme les yeux maintenant.

— Tiff ?

— Oui, Sarah ?

— Je crois que Fred... Fred s'est vraiment pris pour... pour Perdican ce soir.

— Je crois bien, oui. Dors maintenant.

Avant de sombrer définitivement dans le sommeil, elle répétait en ballottant la tête : « C'est le FBI qui l'a tué. C'est le FBI », elle disait qu'il fallait prévenir Diego et d'autres choses plus incompréhensibles encore. Je me suis endormie peu après, en me demandant qui diable pouvait bien être ce Diego. Et cette nuit-là j'ai rêvé, candidement, sans me douter que le lendemain ma vie serait à tout jamais bouleversée, qu'à partir de ce jour je ne serais plus jamais moi-même.

13

Ma mort sur la conscience

C'est ce matin-là, le lendemain de notre malheureuse soirée au théâtre, de notre nuit dans les bras de Morphée, qu'on a fait la macabre découverte, comme on dit dans les rubriques criminelles. Avec les somnifères qu'on s'était envoyés, on a eu toutes les misères du monde à nous lever quand le réveil a sonné. Le patron de la cantine nous attendait à neuf heures. Il était huit heures dix. On n'a même pas eu le temps de vérifier nos humeurs. De toute évidence, celle de Sarah était mauvaise, massacrante, je dirais même. Quand je suis sortie de la salle de bain après une douche express, elle virait la maison à l'envers pour trouver ses clés qu'elle avait sans doute lancées sous un meuble ou par la fenêtre dans sa colère aveugle. Toujours aussi déboussolée que la veille, elle claquait les portes d'armoires, les tiroirs des commodes, envoyait valser des papiers et des vêtements à travers toutes les pièces. Un bombardement, je t'assure, n'aurait pas eu pire effet sur l'état des lieux : Beyrouth, Hiroshima, c'était de la p'tite bière à côté de ce chantier. Excédée, j'ai pris le double des clés que je gardais dans un tiroir du buffet. J'ai suggéré à Sarah de nous faire du café et de respirer par le nez, pendant que j'irais, moi, sortir de la camionnette ce qui restait des plats cuisinés et m'assurer qu'il ne restait dans le véhicule aucune preuve qui aurait pu nous incriminer, même si, au point où on en était, ça ne servirait plus à rien de nier notre culpabilité : on était déjà cuites. Le patron allait sans doute nous signifier notre congé. On se retrouverait à la rue. Adieu veau, vache, cochon, couvée…

C'est dans cet état d'esprit, légèrement en colère, plutôt préoccupée, que je suis sortie, que j'ai mis la clé dans la serrure, que j'ai ouvert le panneau latéral en alu chromé et que j'ai trouvé le corps de Lady, à moitié nue, dans la partie frigorifiée de la camionnette. Elle était morte, raide morte, repliée sur elle-même en position fœtale, toute blanche, les yeux ouverts, les lèvres déjà bleuies. Le choc.

Aussitôt, je suis rentrée pour aller prévenir Sarah. Au début, elle a pensé que je blaguais — comme si c'était des farces à faire de si bon matin —, puis elle est venue constater par elle-même. À son tour, elle a ouvert le panneau, l'a refermé aussi net, puis m'a regardée, incrédule, horrifiée. Elle est restée un moment clouée sur place, le souffle coupé, avant de se laisser choir sur la pelouse, l'air complètement ahuri.

Voyant qu'elle réagissait face au drame de si mauvaise façon, qu'elle ne serait, pour l'heure, d'aucune utilité, je suis retournée à l'intérieur pour demander de l'aide à Stevo qui devait dormir dans son repaire, au sous-sol, comme il le faisait chaque fois qu'il rentrait tard le soir. Du palier, j'ai allumé la lumière avant de descendre l'escalier qui menait à la cave. En bas, à mon grand étonnement, j'ai trouvé la pièce vide et bien rangée. Le lit n'avait même pas été défait. De toute évidence, Stevo n'y avait pas dormi.

Doublement choquée, je suis ressortie pour aller sonner chez Rudolf, espérant obtenir de lui une quelconque explication. J'ai sonné, et sonné encore, sans succès. Ne sachant plus trop quoi penser, ni à quel saint me vouer, j'ai empoigné Sarah pour la hisser dans le camion du côté passager, et j'ai roulé sans trop savoir non plus où on devait aller. J'ai erré un moment sans but à travers le quartier, en proie à un étrange sentiment d'irréalité. Les choses les plus familières prenaient tout à coup un aspect surréel : de gros nuages noirs avançaient au-dessus de nos têtes, les passants semblaient nous jeter des regards épouvantés comme si on traînait derrière nous une longue coulée de sang, même les arbres paraissaient menaçants.

Dès que Sarah a paru sortir de sa catatonie, je l'ai mise au courant de l'apparente disparition de Stevo et de Rudolf et lui ai fait part de mon intention de ne pas alerter tout de suite la police. Elle est restée un moment perplexe, puis a fini par se rallier à l'idée. Elle partageait mon avis : s'il y avait un meurtrier parmi nous, il fallait savoir qui, et pourquoi, avant d'aller le dénoncer.

— C'est peut-être même moi qui l'ai tuée, si ça se trouve ! J'ai une légère tendance au somnambulisme, et avec toutes ces pilules que tu m'as données hier soir…

— Arrête de déconner, Sarah, merde ! Essaie plutôt de penser à ce qu'on va faire de cette pauvre Lady.

Sarah a d'abord suggéré qu'on amène Lady au Flamant rose où il n'y avait personne avant la fin de la journée. « Si on la retrouve dans les toilettes du bar, on va croire à une overdose. » C'était une solution. Mais en y réfléchissant, l'entreprise m'a paru trop risquée, sans compter que ce n'était pas vraiment aimable, quoi qu'elle en pense, de faire une chose pareille à son père. C'est à ce moment que j'ai eu l'idée d'amener Lady chez ma mère. Du garage, chez elle, on pouvait entrer le corps dans la maison sans se faire remarquer ; on pourrait l'y déposer et prendre ensuite le temps de réfléchir à ce qu'il valait mieux faire. On s'est mises d'accord pour faire ce que j'avais proposé.

* * *

— Elle est belle comme ça, non ?

— Elle n'a jamais été aussi belle.

À cause de ma vieille déformation professionnelle — je l'ai constaté alors — il m'était toujours impossible de voir un mort sans avoir envie de lui faire une toilette. Après avoir monté le corps de Lady dans l'appartement de ma mère, je m'étais mise en frais de la préparer pour son dernier voyage. Pour couvrir le haut de son corps nu, je lui ai d'abord enfilé la veste que je portais par-dessus mon chemisier, puis j'ai peigné ses cheveux et maquillé son visage pour faire disparaître les ecchymoses qui marquaient encore de jaune le coin de son œil et le haut de sa joue. Avec infiniment de soin et de respect, on a ensuite allongé Lady sur le canapé, j'ai posé sa tête sur des coussins, et j'ai joint ses mains sur sa poitrine maigre.

— Si j'attrape le salaud qui l'a tuée, il va avoir intérêt à courir vite s'il veut garder ses couilles, a dit Sarah, une larme de rage au coin de l'œil.

— C'est sans doute cette espèce de maniaque…

— Tu penses ?

— Tu ne penses pas ?

Sarah restait silencieuse, les lèvres pincées, comme pour s'empêcher de dire tout haut ce qu'elle pensait tout bas.

— Tu penses que c'est Stevo, n'est-ce pas ?

— Je l'ai toujours trouvé un peu tordu, ton Stevo. Mais, toi qui le connais bien, tu crois qu'il aurait pu faire une chose pareille ?

— Je ne sais pas. En fait, ça va peut-être un peu t'étonner mais, moi non plus, je n'ai pas l'impression de le connaître. Il est tellement fermé, tellement secret… Tu penses sérieusement que c'est lui qui a tué Lady ?

— Peut-être. Comme il pensait qu'on n'irait pas travailler ce week-end, il a très bien pu prendre les clés et mettre le corps de Lady dans la camionnette.

— Pourquoi il aurait fait ça, Stevo ? On ne tue pas une fille innocente comme ça, sans raison ? Il la connaissait à peine.

— Je ne sais pas, moi ! C'est peut-être un maniaque aussi, ton Stevo. J'te l'ai toujours dit qu'il était pas normal côté cul. Ce genre de gars refoulés se livrent parfois aux pires excès quand ils se mettent à débloquer.

— Il ferait pas de mal à une mouche, Stevo.

— Qu'est-ce que t'en sais? Dans son pays, durant la guerre... tu ne sais pas ce qu'il a vécu. On ne sait pratiquement rien de son passé. Il a peut-être tué des hommes, des enfants, il a peut-être violé des femmes...

— Il n'était pas du côté des violeurs.

— Des violeurs, Tiff, il y en a toujours des deux côtés, dans ces saloperies de guerres.

— Non. C'est impossible. Stevo n'a pas tué Lady. Stevo ne pourrait pas tuer. Je ne sais pas tout de lui, mais ça, je le sais.

— Et pourquoi il est pas rentré alors? Où il est, tu penses?

— Je ne sais pas, mais je sais que ce n'est pas lui. C'est peut-être le gros Rudolf?

— Ouais, c'est peut-être le gros Rudolf...

Sarah est restée pensive un moment, puis s'est rembrunie.

— Au moins, on sait que c'est pas Fred. Lui, au moins, il avait un alibi cette nuit.

— Un alibi?

— Oui, un très bel alibi, même. Il était avec Marinette Orlandi, cette nuit.

Nous sommes restées un moment, dans un silence embarrassé, à regarder Lady. La pauvre fille, sans famille, sans réels amis, sans personne pour pleurer sa mort, personne pour la reconduire de l'autre côté où elle arriverait sans recommandations, avec sa drôle de gueule et le bilan peu reluisant de sa vie ratée. Elle aurait tout de même mérité quelques fleurs, des prières, de l'encens. De la voir partir dans un tel dépouillement me chagrinait énormément...

— Qu'est-ce qu'on fait maintenant?

— Je ne sais pas. Rentrons. Reposons-nous un peu, a suggéré Sarah. Après, on prendra une décision.

— Et la camionnette?

— Il peut bien se la mettre où je pense, sa foutue

camionnette! On lui dira qu'on n'a pas eu son message, qu'on était parties pour le week-end, c'est tout. Allez, viens, on s'en va!

Avant de partir, Sarah a fouillé dans son grand sac et a sorti un exemplaire de *Lady L.* de Gary qu'elle a laissé sur la table à café en guise d'hommage à la morte. Puis elle a sorti son briquet du Flamant rose que Lady avait toujours convoité et l'a glissé dans la poche de son jean comme pour la remercier de ne lui avoir jamais piqué. On a regardé Lady une dernière fois. On lui a dit: «Dors bien.» C'est bête, mais c'est tout ce qu'on a trouvé à dire. Puis on a éteint les lumières comme dans la chambre d'un enfant qu'on vient de border pour la nuit.

*   *   *

Quand on est rentrées vers onze heures, Stevo n'était toujours pas à la maison. La situation commençait à sérieusement m'inquiéter. J'ai téléphoné au café, à intervalles de quinze minutes, pour tomber, vers midi, sur une fille à l'accent quasi incompréhensible qui, après être allée jeter un coup d'œil à la cuisine, est revenue me dire, en franco-serbe et en monosyllabes, que Stevo n'y était pas, qu'on ne l'attendait pas de la journée. J'ai insisté pour qu'elle aille vérifier auprès de ses collègues s'il avait travaillé la veille, s'il était passé au café: elle m'a assuré que non. Personne n'avait vu Stevo depuis quelques jours. Secrètement, j'espérais qu'on se soit mal comprises, elle et moi. Sans doute avais-je mal prononcé le nom de Stevo, elle l'avait confondu avec quelqu'un d'autre, on ne parlait pas de la même personne... ou peut-être, c'est du moins ce dont j'essayais de me convaincre, avait-il passé la nuit à boire et à bavarder avec des copains, il dormait chez l'un d'eux, il allait bientôt émerger, prendre le téléphone et m'appeler...

J'avais beau tenter de m'illusionner, mes explications ne tenaient pas la route. J'étais rongée d'angoisse. Mon ventre me faisait mal. J'avais la nausée, du mal à respirer... Au fur et à mesure que la journée avançait, Sarah devenait, elle aussi, de plus en plus anxieuse, mais pour une raison qui a semblé, à un point, éclipser la mort de cette pauvre Lady : Fred n'avait pas encore donné signe de vie. Assise à table devant une grande théière de camomille que je renouvelais aux quarts d'heure, nous sommes restées là, à fumer cigarette sur cigarette, les yeux fixés sur le téléphone qui restait désespérément silencieux.

Vers les deux heures, on a sonné à la porte. Apeurée, je me suis levée pour aller jeter un coup d'œil par la fenêtre du salon en écartant un tout petit pan du rideau. Un inconnu en paletot gris, d'assez bonne corpulence, se tenait sur le seuil. L'homme a sonné de nouveau avec plus d'insistance. À son tour, Sarah s'est approchée près de moi dans la pièce sombre et a regardé, à son tour, l'intrus. À son avis, il ne pouvait s'agir que d'un flic. Il avait, c'est vrai, une tête de flic ou plutôt une tête de détective privé comme on en voit dans les vieux films. Sous un chapeau de feutre, comme plus personne n'en porte de nos jours, on devinait une mâchoire large, une bouche sans sourire, une mine sombre, patibulaire. Après avoir attendu quelques minutes, le colosse s'est avancé lentement vers la fenêtre derrière laquelle on se tenait cachées. Les mains en visière de chaque côté de sa grosse tête, il s'est collé à la vitre pour essayer de voir à l'intérieur. D'un geste brusque, j'ai entraîné Sarah vers le sol en couvrant son corps du mien comme pour nous protéger d'un assaut de mitrailleuse. On est restées, de longues minutes, terrées comme ça dans l'ombre, jusqu'à ce qu'on ne sente plus rien bouger dehors.

* * *

— C'était un flic. J'suis sûre que c'était un flic. Merde ! dans quel pétrin est-ce qu'on s'est encore fourrées ?

Sarah s'est allumé une cigarette alors qu'une autre brûlait déjà dans le cendrier et a versé la moitié de la théière de tisane à côté de la tasse qu'elle essayait de remplir.

145

— Calme-toi, Sarah. Moi, je dis que c'était pas un flic. Ils viennent toujours par deux, les flics. Ça peut pas être un flic, j'te dis.

— Qui c'était alors ?

— C'était peut-être l'inspecteur du ministère des Viandes ou un agent de l'Immigration ?

— Un samedi ?

— C'était peut-être un huissier !

— À ton avis, avec lequel on serait le moins dans la merde, le flic, l'huissier ou l'inspecteur des viandes ? S'cuse moi, mais je sens que j'suis sur le point de craquer, moi !

La situation était devenue intenable. Le soleil était sur le point de se coucher et nous n'étions pas plus avancées qu'à l'aube. À la tombée du jour, nous n'étions plus que deux boules de nerfs sur lesquelles la camomille, pourtant bue en quantité, n'avait plus aucune espèce d'effet.

Progressivement, la noirceur nous a gagnées. Il devait être aux environs de huit heures quand l'homme au paletot sombre est revenu la seconde fois. Il a sonné, sonné encore, mais cette fois, avant de repartir, il a glissé, dans la fente au milieu de la porte, une enveloppe qui est tombée sur le sol. J'ai ramassé la petite enveloppe blanche sur laquelle il y avait mon prénom. Mon prénom seulement, écrit, on aurait dit, d'une main mal assurée, un peu tremblante. C'était l'écriture de Stevo, son écriture nerveuse et serrée. Mon cœur s'est arrêté de battre.

Tiffanny,

Hier soir, Anton m'avoir prévenu que les agents de l'immigration être passés au café pour me chercher. Je suis avec Anton et sa femme à la campagne.

J'ai quitté la maison pour ne pas te causer problème. Je te fais déjà beaucoup de mal comme ça. Je sens que je ne peux pas t'apporter beaucoup de choses parce que je souffre trop moi-même.

Je vais rentrer lundi dans mon pays. C'est sans doute mieux

146

comme ça. Ma mère a besoin de moi. Je ne t'a pas dit quel drame c'est dans ma famille là-bas. Ma sœur a été violée par les soldats pendant la guerre et elle venir d'essayer de tué l'enfant dans la rivière. Il est déjà un petit homme maintenant et ma sœur a depuis perdu l'esprit complètement. Ma mère est vieille et surtout très fatiguée pour supporter tout ça.

Je croyais pouvoir aider en venant ici. Pouvoir envoyer de l'argent, faire que eux viennent ici un jour. Mais je vois bien que cela ne pas devenir possible. Ma vie est là-bas. C'est là-bas qu'on a besoin de moi. Ici, je ne suis bon pour rien et je te fais souffrir inutilement. Je ne te demanderai pas de me suivre, car mon pays n'est pas un pays pour vivre. On ne fait qu'y mourir et y verser des larmes.

Je pensera toujours à toi.

Stevo

Pourquoi ne m'avait-il jamais rien dit du drame qu'il vivait ? Pourquoi n'avait-il pas osé m'en parler ? J'aurais peut-être été en mesure de l'aider s'il avait pu se confier. Je ne pouvais plus rien pour lui maintenant. Cette fois, c'était vrai. Il allait partir. Lundi. Il retournerait dans son pays. Je ne le reverrais sans doute jamais. Cette séparation était inévitable, prévisible, je le savais. Je l'avais attendue, redoutée chaque jour durant ces deux dernières années. Je croyais y être préparée, mais, devant l'imminence de son départ, la soudaineté de ce brutal arrachement, je me suis sentie totalement anéantie.

Ce soir-là, Sarah m'a mise au lit toute habillée en me donnant, à mon tour, deux comprimés de Morphée. Elle m'a prise dans ses bras, m'a bercée doucement en me disant de ne plus penser à rien. Avant de me quitter pour la nuit, elle s'est excusée d'avoir accusé injustement Stevo ; elle était convaincue, maintenant, qu'il n'était pas coupable. Le lendemain, a-t-elle promis, on irait tout expliquer à la police.

*   *   *

Au matin, Sarah m'a apporté une tasse de thé au lit. En ouvrant les yeux, j'ai cru ne plus jamais pouvoir me lever. Chaque viscère, chaque os de mon corps me faisait mal, toute envie de vivre m'avait quittée, tout autour me paraissait sombre et gris. Sarah, au contraire, paraissait nettement moins pessimiste que la veille; j'en ai vite compris la raison: à son réveil, elle avait trouvé sur le répondeur un message de Fred qui s'excusait de ne pas avoir donné de ses nouvelles plus tôt. Il disait avoir répété tout le samedi, être rentré crevé après la représentation. Il l'embrassait, la rappellerait un peu plus tard, promis, juré. Ravivée par cette petite lueur d'espoir, Sarah avait retrouvé un calme et une gaieté relative vu les circonstances et la tâche ingrate qui nous attendait: aller raconter aux flics cette impossible histoire.

Nous étions sur le point de partir pour nous rendre au poste de police quand le téléphone a sonné. La torpeur dans laquelle j'étais plongée depuis la veille m'ayant privée de tout réflexe, Sarah a décroché avant même que je ne songe à réagir. Figée sur le pas de la porte, je souhaitais de tout cœur que cet appel soit de Stevo. Malgré sa lettre d'adieux qui semblait définitive, j'espérais encore qu'il me donne de ses nouvelles, qu'il prenne des miennes avant de me quitter définitivement.

Sarah est restée longtemps au téléphone. Je l'entendais répondre laconiquement: «Oui.» «O.K.» «D'accord.» «Entendu.» Elle a raccroché, puis elle est venue me rejoindre dans le vestibule avec une épouvantable tête d'enterrement.

— C'était Stevo? j'ai demandé.

— Non.

— Qui c'était, alors? Anton?

— Non. C'était Gertrude, la copine à ta mère. Enlève ton manteau, on ne part pas.

— Qu'est-ce qui se passe?

— Ta mère a fait une réaction allergique au fœtus de moutons.

— Merde! C'est grave?

— Non, pas trop.

— Ben, alors?

— Le problème, c'est qu'elle est rentrée de Genève hier soir.

— Rentrée où?

— Ben, chez elle!

— Chez elle!!! Merde! Merde! Merde!

— Tu peux le dire! Ta mère est revenue de l'aéroport avec Gertrude et, en rentrant à l'appartement, elles ont trouvé le corps de Lady. Mais tu veux savoir le plus grave?

— Au point où on en est...

— En fait, Gertrude m'appelait pour m'annoncer que TU étais morte.

— Que j'étais morte? Mais c'est complètement dément comme histoire! Elles ont cru que c'était moi la morte?

— J'ai l'impression qu'elles ne se sont pas attardées trop longuement sur le cadavre. Ta mère a reconnu les vêtements, les cheveux décolorés, le grand nez, et elle a pensé que c'était toi. Qui d'autre que toi aurait eu l'idée d'aller mourir chez elle, hein?

— Ben, personne.

On nageait en plein délire, en plein psychodrame, plus rien ne tenait debout dans cette histoire. Moi-même, j'arrivais à peine à tenir sur mes jambes. Je me suis écroulée sur le divan, complètement K.-O.

— Ils ont déjà emmené le corps?

— Bien sûr qu'ils ont emmené le corps! Ils allaient pas le laisser se décomposer au milieu du salon.

— Mais tu lui as expliqué, à Gertrude?

— Pas encore. J'attendais de te parler. Maintenant que le mal est fait, c'est pas une heure de plus ou de moins qui va changer quoi que ce soit.

— Et comment elle prend ça, ma mère?

— Pour l'instant, elle est sous le choc. Gertrude l'a bourrée de calmants. Le médecin vient de partir, elle dort... Si elle est encore dans le même état demain, Gertrude a demandé que je l'accompagne... ou que j'aille à sa place pour identifier le corps. Selon elle, j'suis la personne qui te connaît le mieux, après ta mère bien sûr.

— Ma mère ne me connaît pas.

Non, ma mère ne me connaissait pas. De toute évidence, mon entière personne se résumait pour elle à un nez trop long, des cheveux couleur de frite, une façon de m'habiller qu'elle trouvait détestable. C'est tout ce que je représentais à ses yeux, tout ce qu'elle avait perçu de moi avec sa courte vue, son jugement lamentablement déficient. Sourde et aveugle à ce que j'étais vraiment, à ce que je tentais de devenir, elle m'aurait, jusqu'au bout, dépossédée de mon droit d'exister.

À cet instant précis, quelque chose en moi s'est brutalement cassé. C'en était assez. Je n'allais plus laisser un lien aussi superficiel, aussi ténu, lier mon existence à celui de cette femme insensible qui ne m'avait jamais comprise, qui ne m'avait, au fond, jamais reconnue.

— Est-ce qu'il va y avoir une autopsie ?

— Si on en fait la demande, oui.

— Ils vont pas faire d'enquête ?

— Je ne sais pas. Ça a les apparences d'un banal suicide aux drogues, ton affaire !

— Ne parle pas comme ça.

En relevant la tête, j'ai croisé le regard de Sarah. Elle me dévisageait avec une très curieuse intensité. Sans qu'on ait besoin de se dire quoi que ce soit, j'ai su qu'elle comprenait mon état d'esprit, qu'elle devinait mes intentions, qu'elle anticipait depuis le début cette question que j'allais lui poser.

— Qu'est-ce que tu vas faire demain, Sarah... je veux dire... demain, quand tu vas aller identifier le corps. Qu'est-ce que tu comptes leur dire ?

— Je vais dire ce que tu veux que je dise, elle a dit très posément en insistant sur le « tu » comme pour me confirmer mon existence. Mais, pour l'instant, tu es morte. Profites-en, ça arrive pas tous les jours !

14

Sarah se prend pour Maigret

À son retour de la morgue, Sarah s'est assise dans la cuisine et a vidé sur la table devant elle le contenu d'un petit sac en plastique transparent qu'elle a analysé, longuement, avec beaucoup d'attention. Le sac contenait des photos — les polaroïds qu'on leur avait remis pour l'identification du corps et que ma mère, déjà dégoûtée par l'odeur du formol, n'avait apparemment pas voulu regarder — et quelques menus objets, pas grand-chose: des pièces de monnaie, un tube de rouge à lèvres, le briquet du Flamant rose, le roman de Gary et un anneau de plastique jaune. Après avoir observé les photos à nouveau, Sarah a pris ce dernier objet et l'a retourné entre ses doigts, pensive.

Dans le silence de la maison, on a entendu, tout à coup, un craquement très léger qui semblait provenir du plafond, puis des bruits de pas feutrés. Dans un élan brusque, Sarah s'est levée et m'a annoncé qu'on montait interroger Rudolf en insistant lourdement pour que j'aille avec elle. Le manque de sommeil et les chocs successifs des dernières heures m'avaient miné les nerfs. Je me sentais dans un état second, plus près du cauchemar que du rêve.

— Allez, viens! elle a répété en me tirant par la manche.

— Je ne peux pas monter, je suis censée être morte!

— T'inquiète pas. Je sais que c'est ce tordu de Rudolf qui a tué Lady. Et si ça s'est passé comme je le crois, tu ne risques rien en te montrant. Il ne parlera pas, tu peux me faire confiance. Allez, viens ! Ne me laisse pas monter là-haut toute seule.

— On apporte un couteau ?

— On ne craint rien, je te dis. Viens !

On a sonné une fois, un long coup. Vu par la petite fenêtre partiellement recouverte de graisse et de poussière, le grand escalier menant à l'appartement de Rudolf restait plongé dans une semi-obscurité pas très rassurante. On n'entendait plus un bruit. Soudain, tout en haut, dans un carré de lumière faiblement éclairé, j'ai cru voir passer une ombre.

— J'ai vu passer quelqu'un ! Il est là !

Sarah a écrasé son doigt sur le bouton et l'y a maintenu enfoncé au maximum. On commençait à se geler sérieusement sur le balcon, sous cette petite pluie froide et cinglante qui tombait depuis le matin. Malgré le grand anorak au large capuchon bordé de fourrure plus tellement de saison sous lequel je cachais mon identité de morte-vivante, je tremblais de tous mes membres. Nu-tête et sans gants, Sarah ne semblait pourtant pas souffrir du froid. Trop heureuse de pouvoir enfin régler son compte à son rival de toujours, elle paraissait résolue à passer le reste de la journée le doigt appuyé sur la sonnette.

— Ouvre, espèce de gros hypocrite !

Au bout d'une dizaine de minutes, la cage d'escalier s'est éclairée. D'un pas lent et encore plus pesant qu'à l'accoutumée, Rudolf est descendu jusqu'au palier et nous a ouvert. Son teint, affreusement blême, et ses traits tirés trahissaient l'angoisse de la dernière nuit. De toute évidence, il n'avait pas beaucoup dormi.

— Tu peux ôter ton doigt de sur la sonnette maintenant.

Il a dit ça sur le ton frondeur qu'on lui connaissait généralement, mais l'anxiété conférait à sa voix un vibrato légèrement perceptible.

— On veut te parler ! a dit Sarah en poussant d'un coup d'épaule la porte que Rudolf n'avait fait qu'entrouvrir.

— Bon d'accord, montez, mais pas longtemps, je dois sortir.

Je n'étais jamais montée chez Rudolf. Il n'invitait jamais personne chez lui. En découvrant le capharnaüm, l'immense bric-à-brac dans lequel il vivait, on comprenait aussitôt pourquoi. Chacune des pièces du grand appartement était encombrée d'une tonne de vieilleries : des commodes, des lampes, des fauteuils, des bibelots poussiéreux empilés les uns sur les autres jusqu'au plafond dans un incroyable fouillis. On pouvait à peine voir le revêtement du sol. Dans le couloir, deux larges supports à vêtements sur roulettes occupaient la moitié de l'espace ; des caisses de livres et de disques achevaient de barrer le chemin qui menait aux deux pièces du devant. En se faisant toutes minces et en marchant de côté, on a réussi, de peine et de misère, à se frayer un chemin jusqu'à la cuisine.

Chaussé d'énormes pantoufles de laine, Rudolf, qui ouvrait la marche, s'est traîné les pieds jusqu'à la cuisinière pour mettre la bouilloire sur le feu. Ses pantoufles, sans doute tricotées à la main par sa grand-mère, lui donnaient un air de gros gamin inoffensif, le faisaient paraître plus vulnérable que quand il était chaussé de ses éternels Doc Martens. Malgré le peu de sympathie que j'avais pour lui, je n'arrivais pourtant pas à me l'imaginer en étrangleur de jeunes filles.

En venant s'asseoir à table, Rudolf a porté sa cigarette à sa bouche. J'ai remarqué que sa main tremblait. Il devait en être à son vingtième café, à son troisième paquet de la journée, je me suis dit en allant m'asseoir sur une chaise un peu à l'écart de la table qu'une lampe suspendue éclairait trop crûment. Assise là dans mon coin, je suis restée muette, presque immobile, comme la morte que j'étais censée être devenue. Je m'entraînais à ne plus exister.

Assis face à face de chaque côté de la table, Sarah et Rudolf se sont d'abord regardés droit dans les yeux avec un air de défi avant que Sarah n'attaque avec une première question, très directe.

— C'est toi qui as tué Lady ?

— Lady ! Qu'est-ce tu racontes ?

— Lady est morte. On a retrouvé son corps dans notre camionnette, hier matin, à moitié nu et frigorifié.

Rudolf a tiré sur sa cigarette, a rejeté la fumée en soupirant bruyamment, puis a posé un regard morne sur Sarah comme un homme qui s'attend à être ennuyé par les bavardages d'une commère.

— Elle est morte, je te dis ! Si t'étais pas déjà au courant, la nouvelle n'a pas l'air de tellement te surprendre.

— Effectivement, ce n'est pas très surprenant. Elle était déjà à moitié morte, c'te pauv' fille.

— Tu la connaissais, donc ?

— Ouais, comme ça, comme tout le monde.

— Tu la voyais des fois, non ? Tu couchais avec elle ?

— Ça ne te regarde pas.

— Ça ne me regarde pas ! Je retrouve dans mon camion le cadavre d'une fille qui de toute évidence a passé la soirée chez toi, et t'as le front de me dire que ça ne me regarde pas !

Sarah commençait à perdre patience.

— Qu'est-ce qui te fait croire que j'ai passé la soirée avec elle ?

— Lady avait le bout des doigts bleu. Ça te dit quelque chose ?

— La mort, ça fait toujours bleuir un peu, à ma connaissance. Qu'est-ce que ça prouve, des doigts bleus ?

— C'était de l'encre bleue qu'elle avait sur les doigts. Ça prouve qu'elle était ici avec toi hier soir, qu'elle a bu de ton infect tord-boyaux et qu'elle s'est taché les doigts sur tes foutues étiquettes qui déteignent, voilà ce que ça prouve.

— Ça prouve qu'elle a bu de l'eau-de-vie, c'est tout ce que ça prouve. J'en ai vendu à travers toute la ville, de c't'alcool. Ça ne prouve pas que je l'ai tuée ?

Sarah a bondi sur ses pieds et s'est mise à faire les cent pas dans la pièce sur une très courte distance ; vu l'exiguïté des lieux, elle tournait en rond, à vrai dire.

— Tu commences à vraiment m'énerver, Rudolf! Tu commences à vraiment me faire chier! elle hurlait.

Ne contenant plus sa rage, elle s'est soudain ruée sur lui comme une bête furieuse, a empoigné le col de son t-shirt qu'elle s'est mise à tordre jusqu'à former un garrot qui lui serrait la gorge, l'étranglant presque. Ça devenait violent, comme un véritable interrogatoire de police. Un peu plus et on sortait l'annuaire du téléphone pour le battre sans laisser de traces.

— T'es vraiment con comme la lune, mon pauvre vieux, parce que si y a quelqu'un qui peut t'aider à te sortir du pétrin en ce moment, c'est moi, seulement moi…

Elle a un peu lâché la prise, ce qui a permis à Rudolf de reprendre ses esprits et de se remettre à respirer.

— … mais si t'aimes mieux continuer à jouer les fins finauds, on ira te porter des puzzles en prison.

Elle s'est rassise, a fixé Rudolf bien en face puis a repris, presque posément :

— Bon. Arrête de déconner, Rudolf. Je sais qu'elle est morte chez toi. J'ai même une preuve de ce que j'avance. Si tu nous dis comment ça s'est passé, on va pouvoir t'aider, Tiff et moi. Pour l'instant, personne en dehors de nous trois n'est au courant pour Lady. Raconte-nous ce qui est arrivé et, en échange, je te promets que tu ne seras emmerdé d'aucune façon.

Rudolf commençait à faiblir.

— Qu'est-ce que c'est que cette histoire de preuve ?

— J'ai jeté un coup d'œil sur ta salle de bain tout à l'heure en passant.

En disant cela, Sarah a sorti de la poche de son jean l'anneau de rideau de douche qu'elle avait rapporté de la morgue avec les affaires de Lady. Sur le coup, je n'ai pas compris ce que le petit objet de plastique venait faire dans l'histoire ; Rudolf, par contre, a semblé voir tout de suite de quoi il retournait.

— Je ne l'ai pas tuée. C'était un accident.

— Dis-moi ce qui s'est passé exactement.

155

— On s'est rencontrés en fin de soirée au Boucan. J'y ai passé une partie de la soirée avec Stevo. Il n'avait toujours pas le moral. On a parlé. Quand Stevo est rentré, vers neuf heures, j'suis allé m'asseoir au bar. Lady était là. Elle m'a offert d'acheter un peu de poudre avec elle. J'en avais pas envie. Avec Lady, on finit toujours par payer et elle par tout sniffer, alors j'ai dit non. Elle est sortie acheter la poudre, elle est revenue au bout de vingt minutes, on a bu ensemble jusqu'à la fermeture, après, on est rentrés ici.

— Elle vivait avec toi ces temps-ci, non?

— Non, pas vraiment. C'était pas le genre de fille à s'incruster, Lady. Elle restait rarement plus de deux nuits d'affilée au même endroit. Ces derniers temps, un de ses ex-amants lui rôdait autour. Un genre de gars super-tordu qui faisait une fixation sur elle...

— Une fixation sur sa robe rouge, tu veux dire. C'était le fétichiste du métro, c'est ça?

— Ouais. C'est sans doute le même gars.

— Pourquoi tu nous as pas prévenues?

— Il ne vous aurait pas fait de mal. C'est contre Lady qu'il en avait. Et comme elle avait très peur de lui, je lui avais offert de venir dormir ici. Elle pouvait venir quand elle voulait. Ça me faisait un peu de compagnie. Je trouve l'hiver long, puis j'suis toujours tout seul dans mon grand lit...

— Arrête, Rudolf, tu vas me faire pleurer! Et après, qu'est-ce qui est arrivé?

— On avait déjà pas mal bu chez Maher. On est rentrés ici d'humeur joyeuse. Lady n'avait pas envie de dormir, elle voulait boire encore. J'ai sorti une bouteille de scotch, on a bu les trois quarts qui restaient en écoutant des disques. Aux environs de cinq heures, je suis allé me coucher.

— Elle t'a rejoint dans ton lit?

— Je ne crois pas. Je ne sais pas. Après le scotch, j'étais vraiment très pété. Je suis tombé dans mon lit comme une masse et j'ai dormi.

— Tu baisais avec Lady?

— Je voudrais bien te donner matière à fantasmer, Sarah, mais non, je ne l'ai jamais baisée. Je ne l'ai pas baisée, pas violée et pas tuée non plus. Je te répète que c'était un accident. Quand je me suis réveillé, ce matin, je l'ai trouvée étendue à côté de la baignoire, enroulée dans le rideau de douche parmi ses vomissures, une bouteille d'eau-de-vie renversée à côté d'elle.

— Tu lui as fait boire de ce poison?

— Non! Jamais. Je savais que les dernières bouteilles n'étaient pas bonnes. J'en avais gardé une, comme ça, en souvenir. Je l'avais mise dans l'armoire de la cuisine. Elle a dû mettre la main dessus pendant que je dormais.

— Et t'as pas pensé à appeler un médecin?

— Elle était morte, j'te dis. Quand j'ai essayé de la ranimer, son corps était déjà froid.

— Et la police? T'as pensé à appeler la police?

— Tu parles! Rien que pour l'histoire d'alcool, on m'aurait collé cinq ans facile. J'ai eu peur d'être accusé de négligence criminelle ou, pire, de meurtre. J'ai paniqué, je ne savais plus quoi faire. Vers les six heures ce matin, je suis descendu pour voir Stevo. Il n'était pas là…

— T'es donc descendu chez nous… et c'est à ce moment-là que t'as eu l'idée de prendre mes clés, de mettre le cadavre dans mon camion et de me faire passer ça sur le dos.

— Pas du tout! J'étais paniqué, je te dis. Je voulais seulement mettre le corps au frais en attendant de retrouver mes esprits, de réfléchir à une solution.

— Et ton frigo à toi était pas assez grand, c'est ça?

— C'est ça!

— Et qu'est-ce que t'as finalement trouvé comme solution?

— J'allais brûler les affaires de Lady et déposer son corps dans une mine abandonnée, près d'où je suis né, dans le Nord. Elle n'a pas de famille proche, pas vraiment d'amis: personne n'allait s'inquiéter de la disparition d'une fille comme Lady.

— Et t'as gardé ses affaires?

— Oui. Pourquoi?

— Va les chercher. Si ça ne te dérange pas trop, on va devoir changer tes plans légèrement.

15

Tout le monde veut aller au ciel...

J'ai quitté le pays le jour de mes funérailles. Munie du passeport de Lady — sans regret ni reproches —, j'allais quitter ma vie, partir voir ailleurs si par hasard je n'étais pas plutôt là-bas qu'ici. Il me restait tout à inventer : passé, présent, futur, et tous les temps composés. Je n'étais plus moi-même et pas encore une autre. J'attendais paisiblement mon vol, sereine, comme une âme pure et sans taches transitant par les limbes avant sa rédemption. J'allais ressusciter, exulter dans la lumière du jour, respirer à fond pour la première fois en criant : « Liberté ! » J'allais enfin partir et tout recommencer.

Les choses se sont mises en place rapidement. Après avoir échangé avec Rudolf la carte de sécurité sociale et le passeport français de Lady contre son silence à vie, Sarah m'a dégoté un aller simple pour Paris. J'ai rassemblé quelques affaires, des livres auxquels je tenais, le cahier dans lequel j'avais commencé à noter quelques idées, les derniers poèmes de Stevo et le contenu de notre compte d'épargne que Sarah était allée retirer et qui représentait, avec les profits de la vente de nos plats cuisinés, une somme assez rondelette dont elle m'a fait don entièrement. Elle n'avait plus rien à foutre de rien, caressait le projet de prendre le voile, de se retirer dans un cloître ou un ashram pour dames, pour ne plus avoir de commerce avec les hommes et, surtout, ne plus jamais revoir Frederico Tambuzzo qui

159

venait de se jouer d'elle, de la trahir en la quittant de la plus lâche, de la plus cruelle façon : un petit coup de fil, et le vilain tour fut joué. Depuis, elle se sentait, disait-elle, comme une femme soudain privée de ses membres, amputée sans préavis et sans anesthésie. Elle marchait derrière moi d'un pas lent, se traînait sur ses moignons sanguignolents en pleurant à chaudes larmes derrière d'énormes Ray-Bans. Rien ne semblait pouvoir la consoler. J'aurais voulu prendre sa douleur avec moi, l'emporter, réussir une dernière fois à la protéger, mais, partout où nos regards se posaient, dans les boutiques et les kiosques à journaux de l'aéroport, entre les mains des passagers en attente d'un vol, l'image de Marinette Orlandi tout sourire s'étalait en quadrichromie. **Marinette Orlandi triomphe sur les planches** par-ici. **Un grand talent confirmé** par-là. **Tout sur le nouvel amour de Marinette Orlandi**. Six pages couleurs et une affiche à collectionner, promettaient les plus racoleurs de ces journaux à potins. Coincé, pour l'instant, dans de petits médaillons incrustés à même la photo de la vedette, Fred Tambuzzo, la révélation masculine de la saison, le talent le plus prometteur de l'heure, le futur monsieur Orlandi, n'allait pas tarder à prendre sa place au sommet, la place qu'il avait depuis si longtemps convoitée et pour laquelle il avait si bien manœuvré. Et Sarah pleurait, pleurait, comme ce n'est pas décemment permis. Vu l'état pitoyable dans lequel elle se trouvait ces derniers jours et sa sensibilité quasi pathologique, je lui avais pourtant suggéré de ne pas assister à mes funérailles.

— C'était tellement beau ! Tellement beau ! répétait-elle inlassablement entre un reniflement et deux sanglots. T'as reçu des tonnes de fleurs. Snif, snif ! Y avait même un bouquet en forme de lampe Tiffany avec un petit carton qui disait : « Tu as éclairé nos vies de ta lumière. »

— C'est ridicule !

— Non, c'était très beau, je te jure !

— Et ma mère, est-ce qu'elle pleurait, ma mère ?

— C'est difficile à dire. Snif ! À l'église, elle portait un petit chapeau noir avec un long voile qui cachait son visage comme Jackie Kennedy au cimetière de Darlington.

— Sans doute pour ne pas montrer qu'elle ne pleurait pas.

— Ne dis pas ça, Tiff! Elle avait l'air très digne, très forte. Snif, snif! Mais le plus beau, c'est au moment où les six porteurs ont descendu l'allée et que tes anciens copains de la chorale de la morgue ont entonné l'*Ave Maria*, accompagnés au violon par ta cousine Sonia.

— Sonia? On s'est toujours détestées elle et moi.

— Mais elle a joué avec tellement d'émotion, snif! tellement de sincérité! Je l'ai même vue pleurer…

— Je ne doute pas de la sincérité de son émotion. Mais, comme tout le monde, elle pleurait la mort en général, la sienne qui va venir tôt ou tard…

— Tu es injuste, Tiff. On t'a fait un si bel adieu. Si t'avais pu être là pour nous voir. Après la cérémonie, on a quitté la chapelle sous la pluie, et on a fait une longue procession jusqu'au crématorium…

De se complaire ainsi, sans fin, dans le récit de mes obsèques semblait exorciser Sarah de son propre chagrin. De sous ses verres fumés, les larmes, déjà, coulaient moins dramatiques, en plus étroites rigoles. Comme il me restait encore, dans cette vie, un peu de temps à tuer, je l'ai laissée m'en faire le récit détaillé, l'ai même un peu encouragée.

— Alors, on m'a incinérée?

— T'aurais préféré être enterrée? C'est vrai. Tu me l'avais déjà dit… Mais c'était tout de même très émouvant, l'incinération. Quand… quand ton beau petit cercueil de bois blond est descendu… lentement derrière les grilles en fer forgé… ils ont activé la soufflerie, on a entendu les flammes monter… c'est là que… que j'ai réalisé que tu partais pour toujours.

La catharsis semblant soudain la purger d'un énorme morceau, Sarah a éclaté dans un dernier et très bruyant sanglot.

— Tiens! Mouche-toi un peu.

— Berci !

— Mais, ma mère, est-ce que tu l'as vue pleurer, ma mère ?

— Après ta crémation, il y a eu une petite réception. Snif ! Ta mère recevait la famille, tes amis. Beaucoup de tes copines du collège sont venues, des filles du Lambada aussi. Tout le monde était affamé, et le buffet a été livré en retard. T'imagines comme elle pouvait être énervée. En plus, pour achever le plat, le traiteur avait oublié les crudités et la crème pour le café…

« Les passagers pour le vol TS 260 à destination de Paris sont priés de se présenter à la porte 36 pour embarquement. »

— Sarah, c'est l'heure, je dois y aller maintenant.

Plus paisible que jamais, j'ai pris mon petit bagage pour avancer vers la barrière de contrôle des passagers, dernière étape avant ma délivrance. Dans un pan de lumière vive jaillissant des grandes fenêtres ouvertes sur le ciel, un ange noir des Antilles en uniforme de douanière, entourée d'une lueur surnaturelle, m'a souri, comme une bienheureuse, comme un passeur céleste chargé de guider les âmes en peine vers une meilleure destinée. J'approchais enfin de ma vérité.

— Oh, Tiff, Tiff. J'ai soudain tellement peur de te voir partir.

— T'en fais pas, Sarah, tout ira bien. Je t'écrirai très vite.

— Et Stevo… s'il écrit, qu'est-ce que je lui dis ?

— Dis-lui la vérité. Dis-lui que je suis morte.

— Tu crois que c'est la meilleure chose à faire ?

— Lui offrir une morte à aimer, c'est le plus beau cadeau qu'on puisse faire à Stevo. Tu sais, lui aussi a toujours préféré les morts aux vivants. En mourant maintenant, je lui offre un amour éternel, un souvenir qu'il chérira jusqu'à son dernier souffle. Jamais de toute sa vie, il ne m'imaginera dans les bras d'un autre homme. Il ne ressentira pas la jalousie ou le dépit de me savoir heureuse sans lui. Il ne se tordra pas le cœur en pensant aux enfants que j'ai eus, à mes fêtes d'anniversaires auxquelles il n'aura pas assisté, aux projets qu'on aurait pu faire ensemble. Il gardera de moi un souvenir impérissable. Pour lui, je resterai toujours telle qu'il m'a connue. Notre amour ne s'éteindra jamais.

— Si c'est ce que tu veux, Tiff.

— C'est ce que je veux. Ce sont mes dernières volontés, en quelque sorte.

— Je ferai ce que tu voudras.

— Mais prends bien soin de dire à Stevo qu'il n'est pas responsable de ma mort, qu'il n'y est pour absolument rien, que c'est le sort qui en a décidé ainsi. S'il se sentait coupable de ma disparition, ça gâcherait tout. Il ne pourrait plus m'aimer, je le sais. Tu lui diras? Promets-moi de lui dire que c'était un accident.

— Je te le promets. Oh, Tiff, tu vas tellement me manquer!

On s'est jetées dans les bras l'une de l'autre, mais, déjà, c'était une autre qui serrait Sarah sur son cœur, et ce cœur-là n'y était pas encore tout à fait. Tout doucement, je quittais ma réalité, je m'effaçais.

— Prends soin de toi, Sarah.

— Je ne sais pas tellement comment on fait ça. Je crois que je n'ai jamais très bien su. J'ai peur, Tiff.

— J'ai peur aussi, Sarah. C'est assez effrayant, autant de liberté.

Quand Sarah a lâché ma main, quand s'est rompue cette dernière attache qui me retenait encore à cette vie sans moi, cette vie où je ne m'étais jamais réellement trouvée, j'ai cessé d'avoir peur. J'ai franchi la barrière pour entrer, de l'autre côté, dans ce sentier d'amour éternel pour rejoindre Stevo que je continuerais à aimer de loin dans un monde éthéré, comme j'aime Émile, comme j'aime Romain, comme j'aime encore tellement papa.

* * *

163

Aux dernières nouvelles, ma mère se faisait retirer ses implants pour s'en faire installer de nouveaux qui siéraient mieux à son âge et à ses nouvelles proportions, tandis que la guerre éclatait, là-bas, au Timor oriental, au Kosovo, en Tchétchénie...

Achevé d'imprimer en avril 2000 chez

IMPRESSION À DEMANDE INC.

à Longueuil, Québec